必勝ダンジョン運営方法

13

雪だるま
YUKIDARUMA
画 ファルまろ
FARUMARO

モンスター文庫

ユキ（鳥野和也）
日本人。
ダンジョンマスター。
ルルア・リテア
人族。
元・リテアの
聖女。
アスリン
人族。
家事手伝い。

デリーユ・ル・コッセル
人族。魔王。
ラビリス
サキュバス族。
ダンジョン副代表。
エリス
エルフ族。
娯楽区代表。

「ゴブリンさん……」

「よかった。生きてたんだね！」
アルフィン
聖剣使い。
テイマー。
「はい!?」
スティーブ
ゴブリン。

「気軽にイニスとでも呼んでくれ」
ファイゲル
人族。
クリーナの師匠。
イニス
人族。
アグウスト国第一王女。

「よよ、よろしくお願いしましゅ!!」
クリーナ
人族。魔術師。
アマンダ
学府のヒロイン。

「歓んで奉仕させていただきます♥」
キルエ
人族。
シェーラ付きの侍女。

必勝ダンジョン運営方法⑬

雪だるま

MONSTER
bunko

必勝ダンジョン運営方法13

CONTENTS

第282掘 家族とは —— 4

第283掘 再会？ —— 23

第284掘 初心を思い出す —— 44

第285掘 どこかで見たことがある日常 —— 64

落とし穴46掘 贅沢な時間の使い方 —— 85

第286掘 空の旅 —— 101

第287掘 和気あいあい —— 121

落とし穴47掘 メイド妻の朝 —— 141

落とし穴48掘 メイド妻の別のお仕事 —— 158

第288掘 注意すべきこと —— 174

第289掘 ペッタンコの価値 —— 188
第290掘 姉御肌の姫 —— 207
第291掘 暴れん坊お姫様 —— 224
第292掘 密談 —— 239
第293掘 こっちも密談 —— 254
第294掘 火の粉舞い上がる —— 266
第295掘 表は穏やか —— 284
第296掘 打ち合わせ —— 302
第297掘 協力体制整う —— 317
番外編 本の森の魔女の始まり —— 330

第282掘：家族とは

side：アスリン

「……うにゅ」

……？

ああ、今、私は寝ている。

昨日はお兄ちゃんたちの会議に夜遅くまで参加していた。

体はまだ眠いと言っている。

でも、起きないと。

お兄ちゃんと一緒に、朝ごはん作らないと。

今日は、クリーナお姉ちゃんの国に行くんだ。

そんなまどろみの中、もそもそとお布団の中で体を動かす。

「……にゅふー。兄様ー」

そう言って、横で寝ているフィーリアちゃんが私の腕に抱き付いている。

フィーリアちゃんは、私と同じようにお兄ちゃんが大好きなので、こういう寝言をよく言います。

お兄ちゃんと一緒に寝る時は、いつもこんな感じでお兄ちゃんの腕を枕にして、朝は抱き付いてるもんね。

「兄様の匂いー」

ごめんね。フィーリアちゃん。今日はお兄ちゃんじゃなくて、私なんだ。

私も、お兄ちゃんといるときは、今のフィーリアちゃんみたいに、くっついてスーハーって息するんだ。

そうすると、お兄ちゃんの香りがして、とても嬉しい。

「うん。うれしい」

お兄ちゃんも、お姉ちゃんたちも、ラビリスちゃん、シェーラちゃん、フィーリアちゃん、赤ちゃんたちも、みーんな、アスリンの家族。

私の宝物。

奴隷《どれい》だったときは、何も知らなくて、奴隷として生きるのが当たり前だと思っていた。

毎日、毎日、お腹が鳴って、寒くて、ラビリスちゃん、フィーリアちゃんと身を寄せて過ごしていた。

モーブおじさんたちに買われて、お外に出られて嬉しかったのをよく覚えている。

でも、一番嬉しかったのは、お兄ちゃんと出会えたこと。

今考えると、あの時の私たちは薄汚れていて、お風呂もろくに入ってなくて不潔だったのに、お兄ちゃんは何のためらいもなく、頭を撫でて、抱っこしてくれました。
誰が何と言おうと、お兄ちゃんは私のお兄ちゃん。
あ、でも私の夫でもあるんだよね。
だってお兄ちゃんと結婚したんだもん。
まだ、私とお兄ちゃんの赤ちゃんは当分先だけど、いつかは赤ちゃんを作るんだ。
「にゅふふふ……」
きっと、可愛《かわい》い赤ちゃんで、お兄ちゃんはとても喜んでくれると思う。
そんなことを寝起きで考えていると、不意に時計が目に入った。
9時10分。
「ふえっ⁉」
時計の針は何度見ても9時10分。
学府の授業は8時から。
朝ごはんは7時。
つまり……。
「お寝坊した⁉」
コール画面を咄嗟につけて、時間を確認しても9時11分。
……ラビリスちゃんはいない。

きっと、寝てるから起こさないようにしたんだ。

クリーナお姉ちゃんの国へ出発するのは10時のはず。

皆はもう学府に行っているんだ。

ぎりぎりで起こすつもりだったと思う。

昨日、夜遅くまで起きてたからだ。皆優しいもん。

「フィーリアちゃん。起きて‼」

すぐに、フィーリアちゃんを起こして学府に行かなきゃ。

ゆさゆさと体を揺する。

「うにゅー……？」

反応が悪い。

フィーリアちゃんは、私とは違って、家に帰ってからはナールジアさんに鍛冶《かじ》を教えてもらって、一緒に色々作ったりしているので、疲労度が私よりも高い。

だから、寝るとなかなか起きない。

仕方ないので、必殺技を使うことにする。

息を吸い込んで……。

「お兄ちゃんに置いて行かれたよ‼」

「嫌なのです‼　兄様、フィーリアを置いていかないでくださいです‼」

すぐに飛び起きた。

効果は抜群みたい。

でも、起きたフィーリアちゃんは目に涙をためている。

「……ううっ、1人は嫌なのです」

そして、ぽろぽろと泣き始めた。

「ごめんね。フィーリアちゃん。でも、起きてくれたから、お兄ちゃんの所に行こう。お兄ちゃんが私たちを置いていくはずないから。ほら、時計見て」

「ぐすっ、アスリン？　時計？　って、もうこんな時間なのです‼　お寝坊したのです‼」

時計を見たフィーリアちゃんも、私たちがお寝坊したことに気が付いたみたい。

「うん。だから早く着替えて学府に行こう」

「はいなのです。兄様もラビリスも起こしてくれればいいのに……」

「仕方ないよ。昨日、夜遅くまで会議してたもん」

「うみゅー。まだ、子供扱いなのです」

「起きれなかった私たちが悪いよ。とりあえず、キルエお姉ちゃんと会って追いかけるって伝えて、朝ごはん食べよう。服の方は、こっちはパジャマのままで、向こうのドッペルさんたちに着替えてもらえばいいし」

「わかったのです」

そう言って、布団から起きて、テーブルを通り過ぎたとき……。

カサッ。

そんな音が聞こえて、テーブルを見るけど何もありません。

「どうしたのです？」

「ううん。何でもないよ」

紙の音だったような気がするけど、テーブルにそんなものないし、気のせいだね。

と、そんなことより、朝ごはん食べて学府に行かないと。

小走りで、調理室に2人で向かう。

「あら、おはようございます。2人とも」

「あうー」

「あう‼」

すると、中にはキルエお姉ちゃんと、その赤ちゃんのシャエルちゃん、それと、デリーユお姉ちゃんの赤ちゃんユーユちゃんがいました。

「おはようございます」

「おはようございますなのです」

2人でちゃんとキルエお姉ちゃんに挨拶を返す。

「はい。で、お2人はこちらに来られたということは、朝ごはんでしょうか？」

「うん」

「そうなのです。早く食べて兄様たちを追いかけるのです‼」

「そこまで慌てなくても、昨日は遅かったのですから仕方ありません。ちゃんと旦那様たちも承知していますよ？」

「でも、お寝坊したのには変わりないもん」

「お寝坊したのです‼」

「ふふっ、血は繋がっていなくても、そういう生真面目なところは旦那様にそっくりですね。では用意いたしますので、お2人をお願いします」

そう言って、キルエお姉ちゃんは、シャエルちゃんとユーユちゃんを私たちに預けてきます。

「え。私たちで準備できるよ？」

「できるのですよ？」

「う？」

「あうー？」

でも、すでに赤ちゃんを預かっているので、料理ができません。

キルエお姉ちゃんはすでに料理に取り掛かっています。

「ダメですよ。慌てていると思わぬ怪我《けが》をしますから。私が代わりに準備をいたします。その間は子供たちの相手をして、心を落ち着けてください。大丈夫です。時間には間に合いますから」

「うん。わかりました。シャエルちゃん、何しようか？」

「あう」

「わかったのです。じゃ、ユーユ。フィーリアと遊びましょう」

「うーうー」

ほんの少しの時間ですが、キルエお姉ちゃんに朝ごはんの準備を任せて、赤ちゃん2人とのんびりします。

うん。お兄ちゃんとお姉ちゃんたちの赤ちゃんは可愛い。

必死に私にしがみついて、指に手を伸ばします。

「はい、簡単なものですができました。どうぞ召し上がってください」

「あ、ありがとう。キルエお姉ちゃん」

「ありがとうなのです」

赤ちゃんをキルエお姉ちゃんに返して、朝ごはんを急いで食べます。

「ごちそうさまでした‼」

「ごちそうさまなのです‼」

すぐに食器を流しに持っていきます。

「食器は私が洗っておきますので、いってらっしゃい」

「ありがとう。いってきます」

「ありがとうなのです。いってきます」

キルエお姉ちゃんは優しいので、食器洗いを引き受けてくれました。

あとで、ちゃんとお礼しないと。

でも、今はお兄ちゃんに追いつかないといけない。

すぐに、お布団に戻って、ドッペルさんへ意識を移します。

すると、学府の寮の部屋が視界に映ります。

「うん。ちゃんと着替えてくれたんだね。ありがとう」

『いえいえ。マイマスター。準備はできておりますので、すぐにお出かけできます』

そうドッペルさんと会話をして、横にいるフィーリアちゃんを確認すると、向こうもこっちを見ていたので準備はできているみたいだ。

「じゃ、とりあえず、学長室にいこう」

「うん」

2人で、学生寮を出て、学長室へ走り出す。

「あ、アスリンちゃんおはよー」

「あれ、アマンダお姉ちゃん？」

「あ、本当なのです」

途中でアマンダお姉ちゃんと会って足を止めました。

「2人とも、そんなに慌ててどうしたの？　出発はお昼に変更になったでしょ？」

「え？」

「ふえ？」

そんなの聞いていません。

ああ、なるほど。

だからお兄ちゃんたちは私たちを寝かせたままにしてくれたんですね？

「えっと、昨日、夜遅くまで会議になって、少し持っていくものが増えたとかで……。ああっ、2人ともその会議にいて、もしかして今まで寝てた？」

「……うん」

「お寝坊したのです……」

「あはは、仕方ないよ。そこまで落ち込まなくても大丈夫。ユキさんたちは学長と準備をしているみたいだから、学長室にいると思うよ。私はワイバーンの世話があるから。また、あとでね」

「あ、ありがとう。アマンダお姉ちゃん」

「ありがとうなのです」

そういって、アマンダお姉ちゃんと別れて、廊下に立ちつくします。

「アスリン、どうするのです?」

「どうしようか? 今行くと、お兄ちゃんたちの邪魔になるかもしれないね」

最初からいるならともかく、途中で入ると、お兄ちゃんたちの手を止めてしまう。

そういうのはいやだ。

お兄ちゃんのお手伝いをしたいのに、邪魔するなんてダメだ。

かと言って、今さら1階生の授業に出るのも時間が遅いし、あんまり意味ないし……。

「そうだ。アスリン。街を探検するのです。それならいい暇《ひま》つぶしになって、すぐに学府にも戻れるのです」

「……うん。そうだね。少し街を探検してこよう」

ということで、2人で学府の街へ足を向けた。

特に目的もなかったので、とりあえず街中を歩いていると、霧華ちゃんがいた。

「霧華ちゃーん!!」

「霧華ー!!」

「あ、アスリンお姉さま。フィーリアお姉さま。こんなところでどうしたのですか?」

霧華ちゃんはデュラハン・アサシンの女の子で、見た目は立派な大人の女性に見えるけど、私たちより年下なんだ。

私たちがお姉ちゃん。

「えーとね。お兄ちゃんたちのお話が終わるまで、ちょっと街で時間をつぶそうと思ったんだ」

「そうなのです」

「ああ、なるほど。でも、万が一がないとも限りませんから、危ないことがあればすぐ呼んでくださいね？」

「「はーい」」

「はい。お姉さまたちに何かあれば皆心配しますからね。と、すいません。私は仕事に戻りますね」

「うん。お仕事頑張ってね」

「頑張れー」

「お2人もお気をつけて」

そんな会話をして、霧華ちゃんと別れて、街をぶらぶら。

宿屋のおじさんのところに顔を出して、から揚げを貰ったりした。

「はぐ。相変わらず、おじさんのから揚げは美味《おい》しいのです」

「もぐ。美味しいねー」

現在の時刻は10時15分になろうかというところ。

まだまだ、お昼には時間がある。

さあ、次はどこに行こうかなーと、から揚げを食べながら考えていると……。

『お母さん？　お母さん？　大丈夫？　お、お母さん⁉　ねえ、返事して‼』

「？」

何か、声が聞こえる。

横のフィーリアちゃんにも聞こえているみたいで、私と同じようにきょろきょろと辺りを見回している。

でも、周りにはそんな子供と母親らしき人は見当たらない。

『誰か、お母さんを助けて‼』

でも、必死な声は続いている。

……ん？

この感じ、覚えがある。

「ねえ。アスリン。これって魔物さんじゃないですか？」

「うん。私もそう思った。ちょっと待ってね。話しかけてみる」

「お願いするのです」

ウィードには、喋《しゃべ》れないけどテレパシーでお話しする魔物さんはたくさんいます。

新大陸ではまったく見ないので、今の今まで忘れていました。

『ねえ。魔物さん？　声が聞こえたよ。どこにいるの？　お母さんを助けるのを手伝えるかもしれない』

『あ、お、お母さんを助けて‼　穴に落ちて、お母さんも巻き込まれて、お母さんが起きないんだ‼』

『うん。わかったよ。でも、落ち着いて。そこはどこなの？　場所がわからないと助けにいけない』

『あ、えーと。……ごめんなさい。ここから動いたことがないから、ここがどこかわからない』

『そっか。なら、魔力を会話に流せるかな？　そしたらこっちで場所を探せるから』

『どうやればいいの？　口から火炎を吐く感じ？』

『ドラゴンさんなの？　なら、同じ感覚で、会話に力を集めるようにして』

『うん。やってみる』

　すると、大きい魔力がこちらに流れてくるのが分かる。

　フィーリアちゃんも感じているみたいで、同じ方向を見つめている。

「街の外、あっちの方向へ大体、40㎞ほどなのです」

「うん。私も同じに感じた」

『わ、わかった？』

『うん。今からそっちに行くからね。あ、お母さんの状態がわからないから、迂闊《うかつ》に動かさないようにしてね』

『うん。わかった。早く来て、お母さんを助けて』

『大丈夫だよ。絶対、助けるから』

そう言って、私とフィーリアちゃんは立ち上がります。

「お昼までは時間があるし、兄様の手を借りるにも、まずは相手の容体を見てからなのです」

「そうだね。魔物さんもお母さんのこと心配しているみたいだし、まずは、魔物さんの場所に行こう」

ここ一帯の魔物さんも、盗賊《とうぞく》さんも、聖剣使いさんも、私たちほど強くないし、いざとなったら、たーちゃんたちを呼べばいいから大丈夫だろう。

お兄ちゃんも分かってくれる。

家族を助けるために、必死に呼びかけている子を無視なんてできない。

私たちも、お兄ちゃんに助けてもらったんだから、助けられる力があるなら、助けてあげないと。

お兄ちゃんは言ってたもん。

1人はみんなのために、皆は1人のために。

「ふう。街のお外に出たのです」

「うん。ここから全速力だね」

「久々なのです」

「間違っても、魔物さんや、動物さんを吹き飛ばさないようにしないとね」

「ですね。交通事故を起こすと相手が死んじゃうのです」

こっそり壁を飛び越えて、軽く準備運動をします。

ドッペルさんの体は、少し劣るとはいえ、性能はほぼ私たちと同じ。

迂闊にぶつかると、相手が死んじゃう。

魔物さんを助けるつもりで、他の事故を起こしては意味がない。

お兄ちゃんが言っていた。慌てた時こそ慎重に、落ち着いていかないと、かえって時間がかかるって。

『早く来て……。お母さん、まだ動かないんだ』

『うん。待っててね。もうすぐだから』

そして、私とフィーリアちゃんは森を駆け抜けます。

よくウィードの森で全力の駆けっこをしたから、この程度の森はへっちゃら。

お兄ちゃんが用意した森はもっと凄《すご》かったもん。

罠《わな》がたくさんあったり、魔物さんたちがステータス異常を引き起こしてきたり、とても進みにくかった。

でも、この森はそんな罠もないし、魔物さんたちもいないから、凄い勢いで進めていけた。

10分もしないうちに、魔物さんの魔力の位置まで近づく。

すると、魔物さんから声が届く。

『あ、お母さんが動いた』

『本当？』

『うん。お母さんは落ちたショックで気絶してたって言ってる』

『そっか、よかったね』

『うん』

『でも、一応、怪我がないかちゃんと見てみよう？　もう、私たちもすぐ近くにいるから』

『ありがとう。お母さん、ちょっとそのままでいてね。助けが来たんだよ』

『……たす、け？』

綺麗《きれい》な声だ。

この声が魔物さんのお母さんかな？

『私たち、魔物さんの呼ぶ声が聞こえて、お薬とかを持ってきました。たぶん魔物さんにも効くと思うから、待っててください』

『……魔物さん？　あなた、もしかしてテイマーかしら？』

『はい』

『……そう。私と同じね』

『うにゅ？　もしかして、お母さんは人ですか？』

『ええ。ちょっと、足の骨が折れてるみたいだし、頼りにしていいかな？』

『任せてください』

『ありがとう。でも、どうしてこの子の呼びかけに答えてくれたのかしら？』

『魔物さんは、あなたのことを、お母さんって呼んでいました。私たちにはもう両親はいないです。でも、家族はいます。血は繋がってないですけど、大事な家族です。姿形とか関係ないんです。家族っていえば、家族なんです。それは大切なモノなんです。だから、私たちは助ける‼』

『そうなのです‼　家族は一緒がいいに決まっているのです‼』

『……そうね。家族は一緒がいいわよね。ありがとう』

『あとちょっとで着くから、待っててください‼』

そう言って、森を駆け抜けていると、腰ミノを付けたゴブリンが出てくる。

「……？」

「スティーブ？」

「スティーブなのです？」

「疑問形はやめてくれっす‼　と、今はそんなこと言ってる場合じゃないっす‼　すぐにここから離れるっす‼」

「？」

スティーブの言っていることがよく分からない。

でも、スティーブなら、私たち以上に色々役に立つと思うから、２人でスティーブを引っ張っていくことにする。

「ちょ、ちょっと⁉　アスリン姫⁉　フィーリア姫⁉　待って、お願いだから話聞いて⁉」

「スティーブ、ついてきて。怪我をしている魔物さんがいるの」

「そうなのです。手伝うのです‼　あと、兄様に家族を保護する話を通すのです‼」

「待って、それってこの状況から相手は１組しかないっすよ⁉　ひぃぃぃー⁉　中間管理職はこれだから――‼」

何だかよくわからないけど、いつものスティーブだし、とりあえず、連れていけばいいかな。

待っててね。

お母さんの怪我はちゃんと治すから。

私とフィーリアちゃんは、叫ぶスティーブを連れて、そのまま魔物さんの場所へ走るのでした。

第283掘：再会？

side：アルフィン　聖剣使い

私は独りぼっちになっていた。

気が付けば、誰もいなくなっていた。

原因は私自身。

他の人とは違う、この白い肌、白い髪、赤い瞳《ひとみ》。

白髪《しらが》ではなく白。真っ白。

父と母はそんな私を愛してくれたが、この容姿に目を付けた貴族から私を守るために死んでしまった。

悲しかった、憎かった。

でも、父も母も、私の幸せを最後まで願っていた。

だから、復讐を選ばず逃げることを選んだ。

でも、よその村や街に行っても私の容姿は目を引くようで、変なのが言い寄ってきたり、災いの原因だと言われて石を投げられたり、同じように貴族に追いかけまわされたりして、結果、私はひっそり、森の中に住むようになっていた。

でも、そこで私は自分の力に気が付く。

私は剣士や、魔術の才能はなく、森の中で本当に逃げるように生きていたのだ。

盗賊や魔物に見つからないように。でも、そんなことはやっぱり無理で、ある日、1匹のゴブリンに出会ってしまう。

普通ならすぐに走って逃げるのだが、運悪く転んでしまう。これで最期かと思った。

「いや、死にたくない」

そう、私は呟《つぶや》いた。

だって、父と母の願いを何一つ私は果たせていない。

私の幸せ。

『いつか、アルフィンを受け入れて、一緒に生きてくれる人たちが現れるから』

『ええ。パパとママのように、運命の人もこの広い世界に必ずいるはず。だから、生きて、生き抜いて、幸せになって』

こんなところで終わりたくない。

私のためにも、私を愛してくれた両親のためにも……。

でも、そのゴブリンは攻撃してくる様子はなく、こちらを見て戸惑っているようだった。

持っているこん棒も、振り上げることなく、だらりと下げたまま。

「……襲わないの？」

「ゴブゴブ」

私がそう尋ねると、ゴブリンは頷く。

頷く？

あれ、もしかして会話ができている？

「あの、私の言ってること、分かるの？」

「ゴブ」

「そうなんだ。頭のいいゴブリンさんなのね？」

そう聞くと、ゴブリンは違うと言うように、首を横に振る。

「ゴブゴブ」

「え、私がゴブリンの言葉を喋っているって？」

「ゴブ」

「そう、なんだ」

そう、私はテイマーの才能があったらしい。

ゴブリンと意思疎通ができて、ようやくそのことに気が付いた。

そして、私はそのゴブリンに色々話を聞いた。

そう、色々な話だ。

食料はどこが豊富だとか、ゴブリンさんたちはどうやって過ごしているのかとか、友達に話しかけるように。

おそらく、私に初めてできた友達。そう呼ぶべき存在だった。

ようやく、父と母の願ったものに近づいた気がした。

でも、そんな暮らしも長くは続かなかった。

私がゴブリンさんをきっかけに色々な魔物と話しては仲良くなっているのが、変な形で近くの街にばれたらしく、魔女討伐《とうばつ》と言って、軍が押し寄せてきた。

「なんで？　ただひっそり生きていきたいだけなのに……」

私はそう呆然と呟く。

「ゴブゴブ‼」

呆然とする私の手を引いて、家から連れ出してくれるのは、最初のお友達のゴブリンさん。

私を守りつつも、集まってくれている魔物たちへ指示を出している。

でも、その内容は私に容認できるものではなかった。

アルフィンちゃんを逃がすから、それまで、囮《おとり》になってくれ。

あの日の、父と母に重なって見えた。

「いやっ‼」

反射的にそう叫んだ。

もう、大事なものを失いたくはなかった。

「あそこに魔女がいるぞ‼」

「撃て撃て‼」

私が叫んだのが、相手にばれて矢が飛んでくる。

その一本が私に真っ直ぐ飛んでくるのが分かる。

ゆっくり、ゆっくり、私へ飛んできて、胸に突き刺さ――

「ゴブッ」

私を庇《かば》ったゴブリンさんに突き刺さる。

「ああっ⁉」

私は叫びながら、ゴブリンさんに近寄ろうとするが、ゴブリンさんが指示を出すと、周りの魔物さんが私をそのまま猪の魔物の上に乗せる。

「ゴブゴブ」

すいません。おいらは一緒に行けないようっす。

そんなことを言って首を振る。

「いや、だよ」

涙が頬を伝う。

彼とは、この森で、あの日から今日まで、いつも一緒に過ごしてきたのだ。

家族も同然だった。

「ゴブゴブ」

大丈夫っすよ。向こうの森でもたくさん友達が増えるっす。

そう言って、彼は背を向ける。

お前ら、ここは死守するぞ‼

「ゴブー‼」

オオッー‼

周りの、残ると決めた魔物さんたちが、彼の言葉に応えるように声をあげる。

そして、私と一緒に逃げると決めた魔物たちも、一斉に走り出す。

「待って……、彼を、ゴブリンさんを……‼」

名前すら付けていなかったことに、その時に気が付く。

私の馬鹿、自分の名前だけ教えて、彼に、彼らに名前の1つも贈らないなんて‼

叫ぶことすらできなかった。

叫べば、彼らの思いを無駄にしてしまうから。

でも、現実は厳しくて……。

「おっと、団体様だね」

逃げた先に、女性ではあったが、武装した集団が待ち構えていた。

数は多くない。

でも、分かる。強い、この人たち。

テイマーの力に目覚めてから、内包する魔力が分かるようになってきた。

周りの魔物さんたちは威嚇の声をあげているが、戦端が開かれれば、やられるのはこっちだろう。

「みんな。落ち着いて。私が話をするから。ね、お願い」

私がそう言うと、威嚇していた子たちは大人しくなる。

「ほう。噂通りってことかな？」

彼女たちの前に立つ1人の女性はそう言って、私を上から下へと見る。

なんとか、この人と交渉《こうしょう》するか、時間を稼いで、私についてきてくれた魔物さんたちだけでも逃がさないと。

「あの、お願いします。私はどうなってもいいから、この魔物たちは見逃してください」

「へ？」

「人なんて襲いません‼　お願いします‼」

私はそう言って、地面に膝をついて頭を下げる。

お願い、今のうちに逃げて。

彼女たちの目的は私なんだから。

そう、思っていたんだけど……。

「ああ、いやいや。君を、君たちを助けに来たんだ」

「え?」

理解ができなかった。

言葉そのものが。

だって、そんな言葉をかけてくれた人は今まで両親以外にいなかったのだから。

「さ、早くこのダンジョンの中へ」

「ダ、ダンジョンに、ですか?」

そして、逃げ込めというのは人を食らう穴、ダンジョン。

意味が分からない。

「あーあ、やっぱり理解が追い付いていないよ」

「そりゃそうでしょう。相変わらず、無茶苦茶なんですから」

「といっても、どうやって説明すれば理解してもらえるのか?という問題もあるがな」

私が混乱している間に、彼女の後ろに立つ、武装した女性たちが口々にそう告げる。

「ふふん。世の中には百聞より一見という言葉がある。百を聞くより、一つを見よ。という話だ。さあ、魔物君たち、彼女を連れて、ダンジョンの中へ来てくれ。私たちは彼女に触れない。ダンジョンに入れば、敵も迂闊に追ってはこない。そうだろう?」

彼女はそう言うと、踵を返して、ダンジョンの中へと入っていく。

「さ、お早く。追手の方は私たちがごまかしておきますわ」

そう言って、武装した女性たちは私たちの横を通り過ぎて、彼らが死守してくれている場所へと足を進める。

その様子を見た周りの魔物さんたちは、困惑した感じでどうする？　と見つめている。

「……ダンジョンの中に行こう。ダメだったらまた逃げればいいよ」

それが、私とダンジョンマスターの出会いだった。


強い日差しが、目を閉じていても感じられる。

「朝、か……」

そう言って体を起こす。

懐かしい夢を見たものだ。

『お母さん、起きたの？』

直接頭に響くような声が届く。

それは、つい先日、今まで集めたＤＰ《ダンジョンポイント》を使って呼び出した最大最強の魔物。

グラウンド・ゼロの声だ。

「ええ、おはよう。グラド」

『うん。おはよう。お母さん』

空には青空が広がっている。

とても気持ちのいい朝だ。

その空とは相反して、私の心の中は大雨だった。

かつて、彼女、ダンジョンマスターを斬ってまで、人と亜人と魔物が暮らせる世界を目指した私たちも、残るは私だけになってしまった。

今でも、あの日を鮮明に思い出せる。

『今回予想される魔物の大氾濫だが、私たちは干渉《かんしょう》しない。いいね？』

彼女はそう言ったのだ。皆が楽しく暮らせる世界を目指していたのに、人も亜人も魔物も多くが傷つく大氾濫を見逃すと言ったのだ。

それを防ぐ術も、能力もあったのに、彼女はわざと見逃すと言ったのだ。

私たちは納得できなかった。

だから、彼女を斬った。

多くを救うために。

私のような子供や、あの優しいゴブリンたちが1人でも多く救われるために。

斬られた彼女は驚きはしたが、こちらを確認してにっこり笑っていた。

『君たちのしたことを、非難はしない。ごほっ、さあ、私のことは捨てておいて、望む未来のために頑張ってくれ。ピースには、かふっ、私から言っておくから……』

でも、ピースの怒りは収まらなかった。

そして、この大陸を戦乱で包んだ。

多くの悲しみ、恨みをこの地に振りまいた。

……必死にピースを倒しても、平和は手に入らなかった。

国という形が、私たちの願いを阻んでいた。

だから、国を滅ぼし、国に侵された人を殲滅《せんめつ》し、偏見も何もない、選んだ次代の子に未来を託すと決めたのだ。

でも、その夢を見ていた仲間もすでにおらず。

私1人になっていた。

原因は、エナーリア襲撃を防いだ、傭兵団《ようへい》だそうだ。

黒髪の男を中心に、私たちから見ても美女と呼ぶべき女性を侍《はべ》らせた傭兵団。

その傭兵団の力は凄《すさ》まじく、エナーリアで仲間がやられたのを聞いて、リーダーが万全の態勢で、残る聖剣使いを私と1人を残して倒しにいったが、全員戻らなかった。

ポープリの学府で工作をしていた1人も戻らない。

……おそらく、全員死んだのだろう。

彼女たちの実力は知っている。

捕らえられるというのは、この衰えた大陸の実力ではあり得ない。

殺されたと見るのが普通だ。

だから、リーダーは残った私に最後の作戦を残していた。

『アルフィン。お前に、今までのDPを必要分以外、全部預ける。私たちに何かあれば、最大最強の魔物を呼びだして、敵討ちと世界の一掃を託したい。……一番魔物と仲がいいテイマーのお前に、魔物を道具として呼び出せと言うのは酷だとは思うが……』

『いい。分かっている。その時は、そうしないと今までのことがすべて無意味になる』

『……すまん。必ず戻ってくる。お前を1人にはしない』

青い空を見ながら、もう戻らない友人との会話を思い出す。

『お母さん。空、青いね』

「そうね」

グラウンド・ゼロ、いやグラドはさすがというべきか、その魔力と力に恥じない能力を持っていて、生まれてすぐ私の言葉を理解し、こうやって会話をしている。

惜しむらくは、グラドが子供の精神ということか。

だから、不安が出てくる。

グラドを残して、私は近いうちに死ぬことになる。

そうなったとき、彼がこの世界を破壊しつくすようなことはしないだろうかと。

私が死ぬ理由は簡単。

グラドを維持《いじ》できる魔力がないのだ。
今はまだＤＰが残っているからいいが、ＤＰが尽きれば、魔力を持っていかれる。
魔力が足りなければ、生命力を注ぎ込まなければいけない。即ち死ぬ。
制御から離れれば助かるが、それではグラドは野生に戻るだろう。
私のテイマーの実力では、このグラドを御《ぎょ》しきれないのは分かっている。
誤算だった。
最大最強の魔物がここまで凄いとは。
だから、せめて制御を離れる前に、傭兵団だけでも殲滅することにした。
「……私は、穏やかに皆で暮らせる世界が欲しかっただけなのに」
『お母さん？』
私は何をしているのだろう？
こんな、母親にべったりな子供を戦いの道具に使おうとしている。
子供に、恨みを託して死のうとしている。
……私は、何を目指してここまで生きてきたのだろうか？
ゴゴッ。
私が考えていると、そんな音が辺りに響く。
『お、お母さん⁉　地面がゆれっ⁉』

「え？」

ズズーン‼

そんな崩落音と、衝撃《しょうげき》で私の意識は途切れた。

ｓｉｄｅ：アスリン

「到着‼　ドラゴンさん、お母さんさん、どこですかー‼」

森が開けた場所には、大きな岩山が、大きな水溜りに沈んでいました。

「どこなのですー‼」

多分、これは地底湖とかいうものだと思います。

さっきの音は大岩が、地底湖に落ちた音なんですね。

すると、大岩の先がこちらに、向かって動きます。

『ここだよー』

「ふあっ、大きいんだね。ドラゴンさん」

「大きいのです」

大岩かと思っていたら、その大岩がドラゴンさんだったみたいです。

「お母さんはどこですかー？」

『お母さんは、僕の背中の上にいるんだ。ちょうど真ん中ぐらいだと思う』

「背中に登ってもいいですか？」

『うん。大丈夫だよ。お母さんを助けてあげて』

「任せて。よいしょ」

　ドラゴンさんに許可を貰った私とフィーリアはすぐに背中に飛び移ります。

　でも、スティーブがこっちに来ていません。

「スティーブはやくー。スティーブの方が診察確実だからおねがいー」

「早くくるのですー」

「くそっー、やってやるっすよ‼」

　なにか分からないけど、スティーブはお兄ちゃんやセラリアお姉ちゃんと訓練試合をするような顔つきで飛び移ります。

　それを確認した後、魔力を探しながら、ドラゴンさんの背中を駆けあがっていきます。

「あ、アスリン。あっちなのです」

「本当だ。ドラゴンさんとは違う魔力を感じるよ」

　フィーリアちゃんが見つけた魔力の所へ近づくと、白いお姉ちゃんが、足を庇って座っていました。

「来てくれたのね。って、声から予想はしていたけど、ずいぶん可愛い子たちね」

　白いお姉ちゃんは私たちを見てびっくりしていました。

うん。仕方ないと思う。

だって、お兄ちゃんの訓練がなかったら、こんなところに来られるわけないもん。

「と、ごめんなさい。私はアルフィンっていうの。この子、グラドの母親代わりね」

「私はアスリンっていいます」

「私はフィーリアなのです」

そして、遅れてきたスティーブが自己紹介をします。

「……スティーブっす」

なんかスティーブは緊張しているような感じがする。

あ、アルフィンお姉ちゃんが美人さんだからだ。

だめなんだよ。怪我してるお姉ちゃんに変なことしちゃ。

そう言おうと思ったけど、アルフィンお姉ちゃんは驚いた顔でスティーブに近寄ろうとしていた。

「あ、うそっ」

そう言って前に歩こうとするが、足が折れているので、すぐにパタリと倒れる。

「うぐっ」

『お母さん⁉』

「大丈夫ですか⁉」

「スティーブ、早く足を診てください‼」

「わ、分かったっす‼」

スティーブはすぐに、アルフィンお姉ちゃんに断りを入れて、足を診察する。

「ふむふむ。……これはただの骨折。と言いたいっすけど、落下の衝撃で結構骨が粉砕されてるっすね。痛いってレベル越えてると思うっすよ？」

『お母さんは助かるの⁉』

「うおっ⁉　なんすかこの声⁉」

「あれ？　スティーブには聞こえてなかったの？　このドラゴンさんの声だよ？」

『ああ、ごめんなさい。ゴブリンさん、グラドっていいます。お母さんと同じような人に呼びかけていたから、今まで聞こえなかったんだと思う』

「ああ、なるほどそういうことっすね。それでアスリン姫やフィーリア姫には声が聞こえたわけっすね。と、自己紹介が遅れたっす。ゴブリンのスティーブっす。お母さんは大丈夫っすよ。ちょっと待ってるっす」

スティーブはそう言うと、すぐにハイヒールの回復魔術を唱えます。

「こ、これは、回復魔術？　足の痛みが消えている？」

「うん。そうだよ。スティーブはすごいんだ」

「そうなのです。スティーブはすごいのです」

スティーブの回復魔術が終わると、アルフィンお姉ちゃんはすぐに立ち上がり、足に違和感がないか調べている。

『お母さん、大丈夫？』

「ええ。治ってるわ」

『よかった。ありがとう‼』

「よかったねー」

「よかったのです」

私たちがそう言っている間に、アルフィンお姉ちゃんはスティーブに抱きつきます。

「はい⁉」

抱きつかれたスティーブは驚いて目を白黒させています。

「よかった‼　本当によかった‼　生きていたんだね‼」

そう言って、アルフィンお姉ちゃんは涙を流しながら喜んでいました。

「どういうことなのです？」

「よくわかんない？　グラド君、知ってる？」

『たぶん、お母さんが話してくれたゴブリンさんだと思ってるんじゃないかな？』

「ゴブリンさん？」

よく分からないけど、お母さんも助けられたことだし、お兄ちゃんに連絡しよう。

グラド君もこんな体だとすぐ疲れちゃうし、クロちゃんでも呼んで、体を小さくする方法を教えなきゃ。

そうしないと、ダンジョンに入らないからね。

side：ユキ

「何がどうなっている？」

俺は目の前の急展開についていけないでいる。

誰か、話の流れを教えてくれと視線を振るが、全員首を横に振る。

「ま、どう見てもスティーブが何かしら絡んでいるようね」

セラリアはモニターを見ながらそう呟く。

確かに、アルフィンに抱きつかれているのはスティーブだ。

「とりあえず、私がダンジョンマスターとして会ってくるわ。どうやら、アルフィンはアスリンたちを敵と認識していないみたいだし、私から説得すれば指定保護に置けるかもしれないわ」

ラビリスはそう言って、俺の膝から降り、会議室の出口へ向かう。

「大丈夫なのですか？」

ラッツが心配そうに尋ねるが、ラビリスは笑って、振り返り……。

「私の親友たちが、あそこまで頑張ったんだもの。親友たちのあの優しさに報いるために頑張るわ。ユキ、止めないでね？」

そこには、覚悟を決めたラビリスが立っていた。

邪魔しても無駄だと。

アスリンとフィーリアのために、自分は行くと。

そして、名乗りを上げるのは、彼女たちの親友の最後の1人。

「ならば、私も向かいます。私も彼女たちの親友です‼ こんな時に手を差し伸べなくて、何が親友ですか‼ 兎人族もいると分かれば、話を受け入れやすいでしょう」

「ふふっ、そうね。シェーラ、行きましょう」

そして2人は手を繋いで会議室を出ていく。

「凄いわね。あの子たちもどんどん成長してるわ」

「はぁ、今回は完全に俺のミスだな。相手がやばすぎるから、会話という手段を真っ先に斬り捨ててたわ」

「それも仕方ないでしょう？ 私たちの面はすべて割れている可能性があったのだから」

セラリアの言いたいことは分かるが、それでもこの結果があり、手段を講じなかったのは確かだ。

会話ばかりに固執するのはよくないが、捨ててかかるのも問題だな。

うん。

今回の件は勉強になった。

希望は捨てるな。

そういうことだな。

ああ、タイキ君にも偉そうに色々言っていたが、自分も変わらないな。

そう思いながら、モニターの向こうには、必死にアルフィンから逃れようとするスティーブの姿があった。

「でも、スティーブには後で尋問が必要ね」

「だな。どこで会っていたとか、なんで今まで黙っていたとか、色々聞かないといけない」

しかし、あんな美人さんが、しかも聖剣使いが、スティーブの強さに気が付かないか？

というか、黙ってる理由もスティーブにはないよな？

……ああ、マジでよく分からん。

第284掘：初心を思い出す

さて、結論から先に告げよう。

side：ユキ

■最後の聖剣使いに関する報告書
最後の聖剣使いアルフィンと、配下の魔物グラウンド・ゼロ・ドラゴンことグラドはダンジョンの傘下に入った。

アスリンとフィーリアの後を追ったラビリスとシェーラがアルフィンと話し合い、アルフィンはラビリスを今代のダンジョンマスターと知り、その思想を話して、ウィードを見せたらすぐに指定保護、また、グラドは自らの意思でダンジョンの配下となった。

ウィードの中を見せて回るのは危険だという話もあったが、こういう場合のスキル魔力封殺通路を作っていたので、今回はそこを利用させてもらった。

ちなみに、これはデリーユが攻めてきた後に用意した場所である。

勘違いによる敵意の場合は、ウィードを見せれば落ち着くのではないか？　という、勘違いを起こして攻めてきたデリーユ本人からの意見である。

無論、いざとなれば一気に鎮圧できるように、最高戦力のスティーブ……はどうでもいいとして、ジョンやブリットが案内をしている。

いや、スティーブのおかげという一面も強かったりするが、そこの報告は後に記す。

さて、これからは、最初から整理して記載していこう。

まず、1人を残して聖剣使いが捕縛されたことによって、最後の聖剣使いアルフィンが俺たちを殲滅するためにランサー魔術学府とアグウスト国の間で待ち伏せをしていたのが事の起りである。

当時、俺たちは決闘祭を挟《はさ》んで、聖剣使いの動向や各国での活動をしやすくするための作戦を練っていた。

俺たちダンジョン組の見解では、聖剣使いの最後の1人の行動は、およそ3種類に分かれると意見が出ていた。

・俺たちとの勝負を避けて他国を襲う
・俺たちに勝てないと感じて真っ先に身を隠す
・学府を襲撃して俺たちもろとも一気に叩く

だが、この内容にリエルが一石を投じた。

どうせぶつかることになるのだから、一番厄介《やっかい》な相手を最大戦力で叩き潰す。

・俺たちを邪魔の入らない場所で不意打ちして殲滅

この内容は、俺たちから見た危険度ではトップクラスになるので、即座に竜騎士アマンダとワイバーンが通る航路の確認、索敵を急がせた。

翌朝、午前5時頃、聖剣使いを確認。

そして、敵の最大戦力と思しき、巨大な魔物を確認。

即時、子供たち以外を叩き起こして、緊急会議に入った。

まず、聖剣使いの呼び出した魔物はこちらも把握《はあく》していない、最上級の魔物と認定。

幼体と思われる魔物から成体の名前を導き出し、グラウンド・ゼロ・ドラゴン、グラウンド・ゼロと呼称。

全高30m、全幅120mというどこかの怪獣王に匹敵するサイズである。

幼体の時点で熱線を吐くのが確認されているので、ウィードからは現代兵器運用部隊を招集、武装の点検と出撃用意をさせていた。

このグラウンド・ゼロ相手に剣と魔法では歯が立たないと悟った故である。

この時点でまず、話し合うというのは却下された。

理由は以下の通りである。
・傭兵団での交渉
俺たち全員の顔が割れていた場合交渉にならない可能性があり、その時は先手を打たれて大被害を被る。

・別の使者を立てればいいのではないか？

この意見も、俺たちの仲間だというのがバレバレなので敵が攻撃に移る可能性が高く却下。聖剣使いの存在を知って敵対しているのは俺たちのみ、つまり交渉したいのは俺たちしかいないからだ。

・他の聖剣使いを人質にとっては？

敵が人質で止まればいいが、止まらない場合は人質もろともやられる可能性がある。そもそも、人質を取る時点で敵のこちらに対する感情は最低になるので、降伏してもどこかで致命的なことになりかねない。却下。

そう、よくよく考えれば、最初の時点で交渉、つまり話し合いに持ち込むことはできなかったのだ。

こっちが不利すぎる。

よって、相手の能力を測るとともに、落とし穴に嵌《は》めて、行動を制限し、あわよくば話し合いに持ちこもうという作戦方針に決まった。

ま、交渉の余地があるだけ、怪獣王よりはマシだとタイキ君と話した気がする。怪獣王は善や悪を超越した自然現象そのものみたいなもんだからな。

で、相手の能力把握を目視で行うために、スティーブ以下精鋭のゴブリン部隊が現地のゴブリンを模して偵察《ていさつ》することになった。無論、腰ミノである。

ダンジョン内に入るのだから、鑑定を使えばいいという意見もあったが、相手が万が一鑑定を感知した場合、敵対行動ととられて暴れられる可能性があるので、目視による確認が安全と判断、スティーブたちによる目視偵察が実行された。

当初の予定通り、地底湖の崩落を模した落とし穴作戦は成功。

その後、観察を続けていたが、イレギュラーが起きる。

アスリン、フィーリアの作戦地点の侵入。

即座に、スティーブをアスリンたちの制止に向かわせるが、説得できず。本人たちはグラウンド・ゼロから救援要請のために赴いたという。

危険は承知だが、相手の行動は封じているので、交渉への作戦にシフトさせた。

運が良かったのか、聖剣使いはアスリンたちのことは知らない様子で、同じテイマー仲間と思い、快く治療を受けてくれた。さらに、スティーブに泣きつくという事態になぜかなり、そこにラビリスとシェーラが合流。

その後、ウィードを訪問して、ダンジョンへの帰属を決めてくれた。

ちなみに、他の聖剣使いを捕らえていることはまだ黙っている。

アルフィン自身、傭兵団とダンジョンマスターが同じ組織であることを知らないためだ。

聖剣使い云々の話は、彼女が落ち着いたときにしようと思っている。

さて、今の議論は、アスリンとフィーリアの作戦地点侵入問題になる。

普通の作戦地点の侵入は誰であっても処罰の対象なのだが、今回の作戦は秘密裏、ダンジョンの本メンバーしか知らない上、作戦地点の完全封鎖も行われていない。

無論、アスリンとフィーリアも本メンバーなので、侵入した以上は処罰の対象とするべきであるが、今回は事情がちょっと違う。

本人たちは寝ていたので、俺は起こさず、書置きを残していった。

家に残っているキルエや、街で諜報《ちょうほう》活動をしている霧華にもその旨を伝えている。

だが、すれ違いは起きる時には起こってしまうもので、アスリンたちは寝坊したと思い、慌てて部屋を出て、その時にテーブルから書置きが落下。俺が文鎮でも置いておけばよかったのだが。

そのせいで、アスリンたちは俺たちを追いかけるという、普通の目的の下、キルエの朝食を食べた後、「俺たちの所へ向かう」と言って調理室を飛び出る。

キルエは書置きを読んでいるものと思っているので、学府に行かず、そのまま会議室に行くと思っていた。

実際は、当初の予定通りなら、学府に集合して旅立つはずだったので、アスリンたちはドッペルで学府へと赴く。

途中でアマンダと出会い「会議中」との話を聞いて、邪魔する気はなかったので、そのまま学府街の散策に出る。

宿屋のおっちゃんから、から揚げをあげたと聞いているから間違いないだろう。

その後、霧華と遭遇《そうぐう》したが「時間まで暇をつぶしている」と言われて、霧華も街に留まっているものと判断した。

ここまではよかった。ただのすれ違いで済む。

しかし、ここからが問題になる。

落とし穴に嵌ったグラウンド・ゼロからの特定周波数による救援要請に応じて、アスリンとフィーリアが作戦地点への移動を開始してしまった。

途中で制止をかけてきたスティーブを引っ張っていくおまけつきで。

結果としては、素晴らしい功績ではあるが、作戦を乱したこと、スティーブの制止を振り切ったことは処罰しなければいけない。

無論、すれ違いを起こした原因を作った俺も、今後のために対策を立てる必要がある……。


「ふう」

報告書を打っていた手が止まる。

とりあえず、一息入れるために、冷めきったコーヒーに手を伸ばし口に含む。

……内容はぶっ飛んではいるが、やってることはただの報告書作りだよな。

俺、異世界に来て何やってるんだろ。

……毎回同じようなことを言ってる気もする。

パソコンから横に視線を移すと、スティーブたちや、エリス、ラッツからの報告書、今回の作戦にかかった経費の内容などなど。

うん。本当に変わらねぇ。

いや、下っ端だった向こうの時より、仕事が増してる気がするわ。

「あなたー、お邪魔するわよ。って、何してるの？」

そう言って、俺の仕事場に入ってきたのは、ウィードの女王様であり、俺の嫁さんであるセラリアである。

「なにって、書類の山に絶望して、休憩しているところ」

「そう。休憩ついでに、私と寝る？」

「それはしない。疲れるだけだよ。そんな気があるなら、この4人相手にすでにしてるわ」

「ユキさんはお仕事モードの時はつれないですよねー」

「まあ、正しい姿勢ではあるのですが……」

「ん、正しくはあるが不満。休憩用のベッドが無駄になる」

「ですわね。ユキ様は無理などなさらず、私たちと一緒に休んでもいいのですよ？」

護衛《ごえい》4人がそう声を漏《も》らすが、一緒に休めば仕事が溜まる一方だ。

誰がそんな泥沼な状況にするか。

いくら嫁さんたちが魅力的だとはいえ、この状況ではそういう気も起きん。

普通に寝ても、気が付けば剥《む》かれているし……。

「ふふっ。お仕事を頑張っている旦那を邪魔したりはしないわ」

「で、邪魔しにきたんじゃないなら何か用か？」

「ええ、今回の報告書の確認ね。ちょっと把握したい内容があったのよ」

「そっちにも、報告書は届いてるだろう？」

「あなたの報告書を確認したいのよ。総まとめの報告書はあなたでしょう？」

「ああ、そういうことか。でも、言っての通り途中だぞ」

「いいのよ。よっと」

そう言ってセラリアは俺の膝に座る。

すぐに俺の両腕を取ってお腹に回し、落ちないように抱っこしろ、と遠回しに意思表示をしている。

「うん。いい座り心地ね」

「「「「いいなぁ……」」」」

護衛4人がなぜかそんな声をあげる。

「皆も、後でやってもらうといいわ。癒《いや》されるわよ」

「……俺は仕事が捗らんけどな」

セラリアは俺よりも小さいからパソコンの画面も見えるが、ジェシカとかリーア、ラッツなどは身長が高いので、座られたら前が見えない。

というか、それ以前にキーボードに手を置くだけでひと苦労だ。

「えーっと、これね。ふむふむ……」

セラリアは俺の苦言を無視して、そのまま作成途中の報告書を読み始める。

たく、おっぱい揉むぞ‼ と言いたいが、喜んで受け入れるだろうから、まったく俺の意図した方向にならず意味がない。

セクハラ耐性MAXの相手を退ける手段って何があるのかね？

……いや、これって俺がある意味セクハラ受けているのか？

でも、夫婦だし、これってセクハラって言うのか？

「なるほどね。ねえ、あなた」

「うおっ」

そのままセラリアはこちらに振り返る。

顔が近い。

「あら、可愛い奥さんの顔を見て驚くなんてつれないわね」

「顔が近いんだよ。適正距離まで離れろ」

「それもそうね」

セラリアも話しにくいとは思っていたのか、あっさり俺から降りて、予備の椅子を引っ張りだし俺の前に持ってきて座る。

「さて、あなたの報告書は読ませてもらったけど、アスリンとフィーリアのことで処罰を考えているみたいね？」

「そりゃな。お咎めなしってわけにもいかないだろう」

全体の規律というか、こういうことは身内だからこそ厳しくしないと周りに示しがつかない。

でも、セラリアは意外な言葉を口にする。

「お咎めなしでいいのよ」

「え？」

「あなたは考えすぎなのよ。ま、勝手に外に出たことを怒るぐらいね」

「それだと示しがな……」

「示しもなにも、今回は極秘裏の作戦。ウィードへの迷惑はまったくなし。費用は私たちの私兵と物資、私財からの捻出。魔力枯渇《こかつ》の原因を探っているついでに、よその大量虐殺を止めただけ。しかも、アスリンとフィーリアが偶然とはいえ、血の流れない手段で掴み取った。これのどこに処罰することがあるのかしら？」

ああ、そういうことか。

これは俺たちが勝手に、こっそりやっているから、示す相手もくそもないということか。

全員が、魔力枯渇の原因を探るということを理解して協力してくれているから、特に被害がないのなら、口頭注意で十分済む。

「……あなたは良くも悪くも今まで結果を出しすぎなのよ。だから、良い結果が出れば褒《ほ》めて報奨を渡すことをためらわなかったわ。でも、分かりやすい失敗はこれが初めて。身内から引っ掻《か》き回されるとは思わなかったでしょう？　だから、あの２人を守るためにもちゃんと叱ろうとしていた。違うかしら？」

その通り。

あの２人はもう俺の大事な妹たちだ。

だから、こんなことが二度とないようにって思ったんだよな。

ある意味、俺もこっちに来てから政治関連に突っ込んでいるから、そこら辺の思考が固くなっていたということか。

「……はぁ、必要なかったか」

「ええ。ただ口頭で、勝手に外に出ちゃいけません。これだけでいいわね。私たちは軍隊として国の命令で動いているわけじゃない。私たち自身で魔力枯渇の原因を探っているだけ。ただ規模が大きいから、管理なんかが軍みたいになっているだけね。ま、ルナから２人を罰しなさいとか言われると、それは困るけど、言われてないのよね？」

「全然。あの駄目神さまはいつもの通り、あの２人を可愛がっているだけだよ。しかし、そっか。俺はそういうしがらみが面倒だから極秘裏にやっているんだった」

「そうそう。ある程度目途が立ったら他に丸投げして、私たちとのんびり暮らすのでしょう？まあ、今回は、失敗すれば私たちのドッペルはともかく、あっちの新大陸の人たちが死ぬかもしれなかったから、重く考えたのでしょうけど。そもそも、原因といえば自業自得なのよね」

「なんか、酷《ひど》い言いようだが。それは、俺のセリフだな」

「ええ。いつものあなたなら、そう割り切って色々試すのよ。失敗しても全員助ければいいって感じでね」

いつもの俺ならそうだな。

ああ、今回は変に思考が固まってたか。

ある意味、タイキ君と怪獣王の話をしすぎたのもいけなかったんだろうな。

あれは、災害ということで話し合い皆無って認識が強かったしな。

「いざとなったら、学府ごとダンジョンに引きずり込めばいいんだし。まったく、そんなことを考える余裕もなかったか」

「そういうこと。まあ、その街丸ごと引きずり込んで守るという発想はなかったわ。相変わらず、明後日の方向に考え付くわね」

どっかの新世紀では都市をそうやって格納して被害を防ぐ方法があるんだよ。

ああ、そういう発想を持ってこれなかった時点で、結構俺も疲れてたんだな。

「ま、結局人間、自分を中心に考えるんだ。いちいち周りの視線や評価を気にしても仕方がないよな」

そう、俺はこっちに来てからそうやってきた。

自分がいかに楽をして、魔力枯渇を解決するか。

相手の思惑をすべて蹴《け》っ飛ばしてきたのだ。

「いつものあなたに戻ってきたわね。為政者みたいに振る舞うあなたも素敵だけど、私にとっては今のあなたが一番よ」

「セラリア……」

「あなたが、凝り固まっていた私を、小さい世界から引っ張り上げてくれた。そして、引っ張り上げられて見せられた世界はとても大きかったわ。果てなんてまったく見えない。身分も権力も財力も通じない、ただの世界が広がっていた。その果てのない世界を、あなたはいつものんびりと歩いているの。お腹が空いたら周りから食料を見つけてきては、食べるだけじゃなくて育てて、果てには荒野に街まで作る」

「……それ無茶苦茶じゃね？」

「いつも、あなたがしていることでしょう？」

はぁ、セラリアに負けた。

いい嫁さんだよ。

……もう書類仕事が面倒くさくなったな。

とりあえず、報告書の最後にこう書き込む。

終わりよければすべてよし。

セラリアはその一文を見て、いい笑顔になって、腕を抱きこんでくる。

反省点はあるが、不幸な結果にならなかったのだ。まずはそれを祝おう。

「さ、もうお仕事は終わりでしょう」

「そうだな。みんな、今から夕食の準備だ」

「「はい」」

護衛4人もいい笑顔で返事をして、そのまま部屋を後にする。

ついでに、片腕で持ち上げられそうな華奢《きゃしゃ》なクリーナを抱きこむ。

「きゃ」

「あ、いーなー」

「ユキ、次は私に」

「私もお願いしますわ」

「ふふっ、そうね。私もお願いするわ」

ワイワイやりながら、他の嫁さんたちにも連絡を取る。

全員が即座に返事をして、家に戻ると言っている。

これはタイキ君、アイリさん、ポープリやララも呼ぶべきだな。

楽しいことは皆で行うべきだ。

それはそうと、どんな料理を作ろうか？

まったく、親友たちとも、馬鹿やってはこんな感じだっけ？

side：スティーブ

「はぁ」

おいらはため息をついて、廊下を歩いているっす。

正確に言うならば、できた報告書を大将に渡すために廊下を歩いているっす。

ため息の原因はこの報告書。

内容は、聖剣使いアルフィンについて。

なぜか、あのアルフィンさんは、最初からおいらに対して好感度が高いっす。

まあ、そのおかげで、すんなりウィードの案内を済ませて、指定保護も受け入れてくれたので、ある意味、今までの聖剣使いの中でも一番穏便に事が片付いたというべきっす。

しかし、おいらにとっては全然喜べないっす。

身に覚えのないことで泣かれたり喜ばれたりするから、どうしていいか分からないっす。

「アルフィンさんの話から推察するに、昔、仲がよかったゴブリンとおいらを重ねて見ているんすよね」

確かに、おいらはモテたいと思ったっす。

可愛い、美人の嫁さんが欲しいと思ったっす。

でも、おいら越しに、他の人に見られても全然嬉しくないっす。

「……これを報告書に出しても結果は分かりきっているっすからね」

当然、アルフィンさんを傍《そば》に置いて、落ち着かせることになるっす。

こういう、ある種の精神的な混乱は、いきなり真実を突きつけても、いい結果になるのは稀っす。

ぶっ壊れるか、拒絶して依存が深まるか。

徐々に認識させるのが大事っす。

ということで、この報告書を出すと、アルフィンさんとの嬉し恥ずかしの共同生活になるっすが、無論、禁欲。

手を出して妊娠なんてさせれば、おいらはどう考えてもセラリア姐さんを筆頭に縛《しば》り首の極刑っす。

そんな気なんてさらさらないっすが。

でもおいらも男っすからね。そこら辺のことを大将と相談してみるっす。よく、姐さんたちに喰われているみたいだし。

う、羨ましくなんてないっすよ。

と、色々考えているうちに大将の執務室に着く。

「大将、入りますよー」

適度にノックをして中に入る。

どうせ、大将も今回の顛末《てんまつ》の報告書作りで忙しいから、まともな返事は返ってこないと思ってたっす。

で、中に入ると誰もいない。

「……はい？　もう定時だっけ？」

時計を見るが、まだ昼休みが終わって1時間というところ。

何かあったのかと首を傾げていると、後ろから声がかかる。

「なにやってんだ？」

「ん？　ああ、ジョンっすか。おいらは普通に報告書の提出っすよ。で、そっちこそ何で野菜をたっぷり持っているっすか？」

「聞いてないのか？　今日は仕事取りやめで、今から宴会だぞ？　いやー、よかったよな。アスリン姫やフィーリア姫へのお咎め、なしだってよ。この作戦の当初から大将、変にピリピリしてから心配だったけど、杞憂《きゆう》だったみたいだな。ということで、その報告書はまた後日にするんだな」

「はあ、なんというか。おいらの苦労が空振りするのは定番なんすね」

「それはいつものことだろう。ほれ、スティーブも野菜持つの手伝え」

ジョンはそう言って、野菜のかごを渡してくる。

咄嗟《とっさ》に受け取るが……。

「おっも!?」

想像以上の重さに驚いた。

なに？

野菜ってこんなに重かったっけ？

そう思って、かごの野菜を見れば、そこにはキュウリの山が広がっていた。

「まーた、キュウリっすか!!　こんな量、誰が食うか!!」

「食うんだよ、俺が!!」

「お前かよ!!　ならお前が持てよ!!」

「いや、もちろん、スティーブたちの分もある!!」

「おいらたちは河童じゃないっすからね!!」

あー、なんかいつものパターンすね。

ま、ジョンの言う通り、大将が元に戻ったならいいっすよ。

おいらの問題にも、面白可笑《おか》しく、問題がないように解決策を出してくれるはずっす。

第285掘：どこかで見たことがある日常

side：スティーブ

ゴブリン、スティーブこと、おいらの1日は朝7時から始まる。

目覚まし時計が鳴り響く。それに反応して、ベッドから手を伸ばし、止める。

しばし、いや、このまどろみの中の時間を正確には伝えられないが、おいらにとってはしばしの時間、ベッドの中で起きるか、あと少し寝るか葛藤する。

別に、おいらは大将みたいに養う家族もいないし、こういう1人の時間は基本的に自由である。

大将も大変っすよねー。

毎朝6時に起きて嫁さんたちの朝食作りとか、メイドだったキルエ姐さんの話を聞いても正気の沙汰じゃないっすね。

メイドさんたちとかもっと早い時間に起きて仕事してるっすから。

おいらにメイドさんはいらねっす。

自分が寝てるのに、周りがせかせか働いているとか、ゆっくり寝れないっすから。

あ、朝ごはん何かあったかな？

んー、昨日余分に弁当買ってたっけ？

ジョンの奴から、野菜の差し入れもあったような？

そんな、とりとめのないことを考えて、ようやくベッドからもそもそとはい出る。

「……ねむ」

とりあえず、眠気を取るために、顔を洗いに行く。

洗面所に行って、蛇口をひねり、水を出して、それを手にすくって、顔にぶっかける。

それを数度くりかえし、水を止めて、用意していたタオルで顔を拭く。

「うん。……まあ、すっきりしたっす」

顔を拭いたタオルは洗濯機に入れて、リビングに戻る。

そして、ハンガーに掛けてある、仕事着に着替える。

この仕事着だけは大将に感謝っすね。

こっちの世界に合わせていたら、もう大変なのなんのって、装飾から勲章、徽章やら邪魔。

大将の仕事着は軍服っすが、これは大将の故郷に合わせて、実用性重視の服になっているっす。

装飾過多などではなく、必要最低限。

この服なら、即座に戦闘装備をするのに何も問題がない。

階級は襟と肩に付いているだけだし、勲章などは、式典ぐらいでしか付けなくていい。

だって勲章邪魔だし。

ま、おいらは、立場上魔物軍の大将であり、警察での警備部の魔物部隊長を務めているっす。あ、無論、人の方はトーリ姐さん、リエル姐さん、カヤ姐さんが握っているっす。向こうが警察のトップっすからね。まあ、業務提携といいましょうか、人手が足らない時の臨時役職名っすね警備部は。

と、そんな関係で、大将ではあるので、多少勲章、徽章を付けていく必要があるっす。最低限っすね。

「……あ、勲章が付いてない。ああ、洗ったから外したんだった」

今日着る予定の軍服には、その勲章がなかった。

ま、ただ単に昨日着たのとは別の、予備の軍服なので、付いていないだけ。

「はぁ、めんどい」

何で昨日やっておかなかったんだろう。

そんなことを思いつつ、机の引き出しを開けて、勲章を取り出し、いそいそと付ける。

しかし、付ける必要のある勲章、徽章は少ないとはいえ、おいらの勲章入れの引き出しには、ケースに入ったままのものがたくさん存在している。

「……大将も悪のりが好きなんすから」

いや、別に悪のりというわけでもないっすが、大将の故郷に合わせて、訓練課程をクリアしたということで渡される徽章があるのだ。

で、おいらはその、大将が思いついた訓練は全部受けている。

即ち、ほぼ全部の徽章を持っていることになる。

空挺徽章、銃器徽章、あげく魔力によるノーバンジー降下訓練というこの世界でしか実行できない訓練課程を修了し、魔力降下徽章なんていうのもある。

勲章は無論、今までの作戦成功による勲功に対する証明っすね。

前日のグラウンド・ゼロと聖剣使い戦。ま、戦いにはなっていないっすけど、おいらたちはしっかり働いたということで、後日勲章を貰える予定っす。

あと色々、細々したことで勲章を貰っているっす。

でも、おいらたちだけじゃなく、セラリア姐さん直属の軍部の人も色々勲章貰っているっす。

クアルさんとかっすね。

おいらたちより活躍した、というわけでもないっすけど、新興の国としてはこういう箔がいるって話っす。

まあ、クアルさんに限っては、あのセラリアの姐さんが直属の上司だし、それだけでおいらは勲章ものだと思うっすよ？

まあ、絶対口にはできないっすけど。

あ、この勲章の制作は、もちろんウィード鍛冶組合です。

ナールジアさんを筆頭に、鍛冶職人連中が大将から勲章や徽章の内容を聞いてそれに合わせてデザインしているらしいっす。

「さーて、冷蔵庫に何かあったかなー」

そんな勲章の取り付けも終わって、上着は放置し、朝ごはんの確認をするっす。

パンは昨日の朝、食べつくしたし、夜は弁当だった。

「ん。何もないっすね」

昨日は忙しかったから、買い出しに行くの忘れたっす。

壁掛け時計に視線を向ける。

現在の時刻7時17分。

仕事は9時から。

まあ、大将という手前、8時半ぐらいには仕事場にいないといけないっすけどね。

「時間はあるっすね。仕方ない。スーパーラッツにでも行って朝飯を確保するっすか」

食えなくてもいいのだが、いつ戦闘に駆り出されて、飯が食えるか分からない状況になるかもしれないから、食えるうちに食っておくのが軍人の基本っす。

ということで、勲章や徽章を付けた上着を着て、玄関へ向かう。

この玄関への廊下を歩くたびに思う。

おいら1人に3LDKは広いと思うっす。

一応、おいらたち魔物もこのウィードでは人権？　を与えられているので、普通に家を借りて自炊することができるっす。

あ、無論、人とちゃんとコミュニケーションをとれることが前提っすよ。

言葉が話せないタイプの動物系は、ほぼアスリン姫がよく遊んでいる森でのんびり自然の生活しているっす。

森自体は、居住区の階層と一緒に置いてあって、そこで一般人の警備も兼ねているっす。

あとは、学校の子供たちの遊び相手っすかね。

他にも、冒険者区での模擬戦相手とか、ダンジョン区の巡回とか、動物系の魔物は喋れないけど結構便利なんす。

で、おいらのように喋れる魔物は人の社会で暮らす以上、居住場所が要るのは当然なんすが、おいらの場合は、立場が立場なので、他の寮住まいの軍人とは違って、ちゃんと居住場所を与えられているわけっす。

無論、ジョンとか、ミノちゃんもっす。

スラきちさんは、自然の中で過ごすのが好きらしく、家は持っていないっす。

主な生息地は学校。

はぁ、正直ご近所付き合いがあるから、おいらとしては寮住まいがよかったんすけどね。

そう思いつつ、玄関を出て、鍵《かぎ》をかけて、マンションを出る。

「おはよう、スティーブさん。お仕事頑張ってな」

「ういっす。おじいさんも気を付けて」

「あら、スティーブちゃん。おはよう」

「おはようっす」

「あ、すてぃーぶしょうぐんだー」

「こら、様をつけなさい‼ すいません」

「いえいえ。気にしてないっすよ。坊主もちゃんと学校で勉強するっすよ」

「はーい」

そんな朝の挨拶をしながら、ウィードを歩いていく。

さて、そろそろスーパーラッツが見えてくるはずっす。

このウィードで唯一、朝6時から開店しているお店スーパーラッツ。

朝の集客を見込んで、ラッツの姉さんがつい3か月前ぐらいに居住区に限り実施した。

将来的には24時間営業を目指しているとかなんとか。

深夜営業は警備の観点上、危険が多いと、トーリ姐さんたちとは会議が紛糾している。

ちなみにおいらは賛成派。

深夜に仕事がもつれることは多々あるし、大将たちと違ってDPでポンと出せないから、いつでも買える場所があるのはありがたいっす。

まあ、深夜営業の警備となると、どう考えてもおいらたち魔物から派遣する必要があるっすよね。

人よりも、夜目が効くのはたくさんいるし。

「お、開いてる、開いてる」

目の前に広がるは、ウィードの最大商店。

品揃えは豊富、接客も丁寧、頼れる主婦の味方。

もちろん、ひとり暮らしの男どもにも、弁当という飯を手軽に買える便利な場所。

人はそれなり。

まあ、夕方の混み具合に比べれば少ない。

でも、ラッツ姐さんの読み通り、人は来ているから、朝の開店を早めたのは正解だと思うっす。

さっそく弁当コーナーへと足を向ける。

朝飯はおにぎりかサンドイッチ、昼は弁当にして、今日の分の飯を買ってしまおう。

どうせ、執務室の冷蔵庫には、お茶しか入っていないし、買い置きしていた弁当を持ってきて、冷やしているのはいつものこと。

「うし、あとは飲み物っすね」

朝ご飯と昼ご飯を選んだあとは飲み物。

独り暮らしにとって、わざわざ飲み物を用意していく気力なんてないっす。養う家族なんていないっすから、財布には余裕があるっすし、飲料は買っていくのがおいらの基本っす。

無論、節約というか、すぐなくなるのもあれなんで、リットルのお茶とかがメインすね。それを買って数日で飲みつくす。

まあ、ペットボトルに飲み物を入れて持っていくこともたまーにはあるっす。

「おや。スティーブじゃないですか」

「はい？」

飲料コーナーで選んでいると、不意にそんな声をかけられる。

そして、その声の方向に顔を向ければ、スーパーラッツのオーナーにして、商業代表で、大将の嫁さん、そして一児の母という肩書を持つ、ラッツの姐さんが立っていた。

「なんでこんな朝早くにいるっすか？」

そう、この時間は大将たちとのんびり朝ごはんを食べている頃だ。

「ああ、ちょっと新商品を出そうと思っていまして、私はさっさと朝ごはんを済ませてこっちに来たんですよ。無論、お兄さんとはラブラブですよ。シャンスにもちゃんと、いってきますをしてきました」

「……左様っすか」

ラッツ姐さんは計算とか商売には強いっすけど、大将にベタ惚《ぼ》れなんすよね。

子供ができてもそれは変わらず。

いや、シャンスちゃんは可愛いと思いますよ？

でも、ラッツ姐さんの会話を聞くと、おいら砂糖生産機になれそうな気がするっす。

……ん？　なんか変なこと言ってなかったすか？

「新商品？」

「はい。新商品です‼」

そう言って抱えていた箱を下ろして、その中身を取り出し、おいらの目の前に突き出す。

ペットボトルこそＤＰでの取り寄せだが、パッケージはどことなくぎこちない。

「これって、もしかして、自分たちで作ったっすか？」

「その通り‼　お兄さんの故郷の技術を借りはしましたが、ペットボトル以外は自分たちで生産した、完全新作商品です‼」

「おおー」

それは凄い。

このぎこちない紙のパッケージもウィードの誰かがパソコンでデザインしたということだろう。

しかし、おいらの洞察力はとどまるところを知らない。

完全の新商品。それはいい、でも中身が透明の緑だ。

おいらの危険センサーがビンビン鳴り響いているっす‼

「……その中身、何味なんすか？」

恐る恐るそれを聞いてみる。

「えーっと、これは緑色ですから、キュウリ味ですね。しかも炭酸ですよ？」

「……そ、そうっすか」

おいらはそう答えるしかできなかった。

どう考えても地雷商品である。

炭酸キュウリ味飲料。

それは、黙示録。

「ほら、レモンを少し混ぜただけで、お水も様変わりするじゃないですか。それを参考に、ジョンが作っている野菜を貰い受けて、色々作ったんですよ。ヘルシー飲料ですね」

あんのベジタリアンが原因か‼

これはなんとかしないといけない。

こんな地雷商品を並べては、スーパーラッツの名声は地に落ちるっす。

「いやー、一昨日から発売したんですが、人気が凄くてですね。生産が追い付かないんですよ。とりあえず、私が自ら生産できた分を運んでいるわけです」

「はい？」

今なんと？

売れている？

聞き間違いだな、うん。

「今、売れているって……」

「ええ。売れていますよ。まあ、物珍しさもあるでしょうが、普通に中身は野菜ですからね、しかも、野菜の種類に分けていますから、健康や美容を気にする女性に特に人気ですね」

「ああ、なるほどっすね」

こっちの場合は味を似せているのではなく、そのまま本物の果汁を使っているから、そういう面では本物でそっち方面に人気があるということっすね。

恐るべし、女性。

「ということで、買っていきませんか？　すぐなくなっちゃいますから」

「え？　ああ、そういうことなら」

適当に、ラッツの姐さんに渡されたキュウリ味はあのベジタリアンにでもくれてやって、トマトや、あ、普通にレモン水も売り出したんすね。じゃ、おいらはこれだわ。

最後に、リットルのお茶を手に取って、精算をして、執務室へ向かう。

時刻は8時20分というところ。

もうすぐ幹部が集まるから、さっさと冷蔵庫に入れるっすかね。
朝飯は幹部と話しながらっすね。
そうやって冷蔵庫に物を詰め込んでいると、執務室に幹部が入ってくる。
「うぃーす」
そんなことを言いながら入ってきたのは、スラきちさん。
もう慣れたっすけど、器用にその軟体の体使ってドア開けるっすよね。
あと、毎度どこからその声出てるのか分かんねーっす。
「いやー、朝の畑仕事の後のシャワーは気持ちいいわ」
次にタオルを首にかけたベジタリアン。
こいつのことはどうでもいいや。
ベジタリアンだけですべて通じるオークの風上にもおけないやつっす。
「今日も1日がんばるべ」
最後にブラッドミノタウロスのミノちゃん。
クロちゃんたちと同様、体格操作で人のサイズまでになっている。
本来は3ｍから5ｍぐらいあるから、執務室に入らないっす。
エナーリアとの交渉の際はわざとあの元のサイズのままで交渉してるっすけどね。
戦略というやつっす。

「みんな揃ったっすね。じゃ、朝会でも始めますか」

朝会というのは、昨日の報告や、今日1日の予定を伝えるのだ。

みんな幹部なので、お互いの動きは事前に知っておくのは色々な意味で大事。

「俺は昨日と同じで学校でガキの世話だな」

「こっちは、ミノちゃんの補佐だ」

「おらはエナーリアでの友好関係を築くってやつだべ」

「いつもの通りっすね。ミノちゃん、ジョンに対しての連絡は部下の方を経由すること。大事な話をしていたり、こっちの能力や繋がりがばれる可能性があるっす」

「「了解」」

そう返事があった後、視線がおいらに集まる。

「で、スティーブの方は？　いつものザーギスと本漁《あさ》りか？」

「いんや、残念ながらおいらは、今日から別任務っすよ」

「別任務？」

ジョンが不思議そうに首を傾げる。

「ああ、あのアルフィンとかいう聖剣使いの世話だべな」

「……そういうことっす」

ミノちゃんの答えに頷きつつ、サンドイッチを食べるおいら。

「そういえば、スティーブにあの聖剣使いが懐いているんだったか。アスリン姫やフィーリア姫も一緒だし、まあいいんじゃね？」

「そこら辺は唯一の救いっすね。おいらに女性の世話とか勘弁《かんべん》っす」

「お前な……、それが彼女が欲しいとか言ってる男のセリフか？」

「なら、お前が代わるっす。一歩踏み外せば、おかしくなる可能性がある女性の世話」

「すまん。勘弁願うわ」

「見た目は美人さんなんだべがな」

「美人さんだから、なおさらってことだろ」

「「ああ」」

スラきちさんの言葉に皆納得する。

アルビノと、その美貌も相まって人に追い出されたって口っすかね。

「アスリン嬢ちゃんたちじゃなくて、スティーブだったんだから、相当だろうよ。大将の判断にも納得だ。ま、フォローはしてやるから何かあったら言ってくれ」

「だな。俺もさすがに今回は茶化せねえわ。頑張れスティーブ」

「こういうことは根気よくいくしかないべな。と、そういえば、あんちゃんたちはどう動くべ？」

「ああ、1日ずれたっすけど、予定通り今日アグウスト国へ行くみたいっすよ。聖剣使いたち云々はとりあえず、落ち着かせることっすね」

「なるほどね。まあ、最初に捕まえた2人と最後の1人以外は、敵意丸出しだからな」

「最初の2人の捕縛方法は聞いて、酷いと思ったが、こうなると、大将のやり方の方がよかったかもな」

「400年の恨みは深いってことだべ。それを霧散させたあんちゃんが凄いってことにしておくべ」

ミノちゃんの言う通り、大将は別格と考えるべきっすね。

さて、時間も9時10分を過ぎようとしている。

もう、各部署は仕事を始めている頃だ。

「さて、そろそろおいらたちも解散してお仕事始めますかね。……っと忘れてた」

冷蔵庫に歩いて行って、ラッツ姐さんからおすすめされた、あのヘルシー飲料を3人の前に置く。

「なんだこれ？」

ジョンは不思議そうにペットボトルを持って眺める。

無論、キュウリ味っす。

「ああ、これってウィードで噂になっているヘルシー飲料だろ？　ラッツの姉ちゃんがウィードで独自開発して、生産ラインも作ってるって言ってたぞ」

「聞いたことがあるべ。というか、なんでジョンが知らねえべ。野菜の提供はジョンからって聞いてるべ」

「そういえば、そんなこと言われたような。ま、野菜が有効利用されているようで何よりだわ。で、全員種類が違うようだけど。スティーブは何が何だか分かるのか？」

「ジョンのがキュウリ味、スラきちさんのがトマト味、ミノちゃんのがニンジン味っすね」

「マジか‼　キュウリ飲料‼　これは俺が飲みつくす‼　味見は、すまんが今回は我慢してくれ」

「「「いらねーよ」」」

うん。

おいらたちの心は1つになったっす。

さて、本当にこれから1日、お仕事頑張りますかね。

「あ、スティーブだ。おはよー」

「スティーブ。おはようなのです」

「女性を待たせるなんてダメね。おはよう。スティーブ」

「おはようございます。スティーブさん」

そう言って学校の前で待っているのは、ちびっこ4人組。

まあ、身長はおいらが少し大きいぐらいっすけど。

……ゴブリンだから小さいのは仕方ないっす。

「おはようっす。で、アルフィンさんは？」

そう、目的のアルフィンさんが見当たらない。

現在、アルフィンさんは指定保護下にあるので、ウィードの一般常識を身につけてもらうため、学校の寮に住まわされている。

ちなみに、聖剣使いの中で一番厚遇である。

最初に大将が全裸でファンファンを踊らせたスィーアとキシュアですら指定保護下になく、セラリアの姐さんとピースが指導をしているところっす。

もっとも、ウィードの人々を傷つけるようなことはなさそうだから、ってのが一番な理由っすけど。

他の聖剣使いは敵意丸出しで、何するか分からないから、独房で頭を冷やしてもらっているっす。

そういった意味で、一番最初のとっかかりになりそうなアルフィンとの友好関係を築くのに慎重になるのは当然っすね。

「アルフィンお姉ちゃんなら、今、皆と遊んでるよ」

おいらがそんなことを考えていると、アスリン姫はある方向を指さす。

そこには、学校の寮で暮らしている幼い孤児たちと一緒に遊んでいるアルフィンさんの姿があった。

「たのしそうっすね」

「昨日から、アルフィン姉様は人気なのです!!」

「ええ、白くて綺麗だって言われて、顔をほころばせていたわ」

「ユキさんから聞いたのですが、あれは呪いではなくアルビノという疾患の一種なのですね。……私ですらそんな考えがよぎったのです。アルフィンさんはきっと、つらい日々を送っていたのでしょう」

「でも、ここの皆は白いとかでいじめないもん!!」

「そうなのです。仲良しなのです!!」

「ここのチョイスはある意味大正解かもね。アルフィンにとって小さい頃の自分と変わりない子たちの集まりなのだから」

「そうですね。彼女がこれから心安らかでいられるよう、私たちが協力しましょう。もちろん、スティーブがカギです」

「おいらっすか?」

「そうよ。彼女が一番仲良くしていたのは、あなたと同じ喋り方をするゴブリンさんだった。だから、ゴブリンのスティーブに一番心を許している。ユキほどとは言わないけど、男を見せなさい」

そら、大将と一緒にしないでくださいっす。

「ああ、それにかこつけて、アルフィンを犯そうとしたら、ちょん切るわよ？」

「ちょん切るのです‼」

「無理やりはだめだよ？」

「去勢もいたしかたないですね」

「しねーっすよ‼」

そんな会話をしていると、アルフィンさんはこちらに気が付いたようで、子供たちに別れと再会の言葉を交わしながら走り寄ってくる。

「ごめんなさい。待たせちゃったかな？」

「大丈夫だよ。グラドも楽しかった？」

『うん。いっぱい友達ができたよ』

「それは良かったのです」

クロちゃんたちに小さくなる方法を教えてもらって、１ｍほどになったグラドが一緒に走ってくるのはいい。どう見てもただのでかいトカゲだ。

しかし、和気あいあいと話す、アルフィンさんとアスリン様たちの横で、おいらは無言でただ1点、アルフィンさんの胸を見つめている。

巨乳と言っていい形のいい胸を見ているわけではない。

腕と胸の間にいる、見知った半透明の生物を見ていた。

「なにやってるっすか？」

「……知らん。子供たちと遊んでいたら回収された」

はぁ、まあいいか。

被害はこれで分散されそうだ。

「あ、ゴブリンさん……じゃなくてスティーブ。これ見て、スライムっていう魔物らしいの‼

私もあまり見たことがなかったんだけど、ウィードでは子守りもするのね。凄いわ‼　あと、
ぷにぷにで気持ちいいの」

「そうっすか。それは良かった。そのスライムも喜んでいるようだし、一緒にウィード見学に
連れていきましょう」

「いいの‼」

「ええ。問題ないっす」

ふふ、スラきちさん。おいらと一緒に苦しもうではないか。

助けてくれるって約束っすよね？

「ちょっ、おま⁉」

さ、どこからウィードを見せますかねー。

落とし穴46掘：贅沢な時間の使い方

side：ユキ

ざざーん。ざざーん。

そんな寄せては返す波の音だけが耳に入る。

目の前に広がるのは青い空と青い海。

誰の話し声も聞こえない。

ただ、自然の営みだけが聞こえてくる。

砂浜は遠く、防波堤を真似て作った、海にそびえるコンクリートの上。

ま、ここはダンジョンマスターのスキルを駆使して作ったのだから、海が荒れるということもないのだが、俺の趣味で海水浴とは違う位置に、この防波堤もどきを作った。

なぜか？

それは簡単だ。

夏の海は泳ぐ。

これは定番である。

しかし、それ以外の季節の海は何をして遊べばいい？

その質問は、島国日本に住んでいる人には愚問であろう。

答えは……。

ビュッ‼

空を切る音が聞こえ……。

ポトン。

そんな音がして、青い海に、赤い点が浮き沈みする。

そう、釣りである。

釣り、それは遥か昔から存在する、魚をとらえる罠の一種である。

釣りの歴史は、色々文献があるが、一番古いので、約4万年前の旧石器時代にまでさかのぼることができ、日本でも骨を利用した釣り針が出土している。

海と共に生きてきた島国の日本人は母なる海に日々の糧《かて》を求めてきた。即ち、釣りとは、人とは切っても切れないものであり、歴史と共に有ったものであり、現代にいたっては、レジャーとしても確立している。

そして、俺のしている釣りは浮き釣り。

玉浮き、生き餌を使ったタイプで、のんびり浮きを観察するものである。

ルアーや毛ばりのように、疑似餌を使うスポーツフィッシングと違って、体を動かさないタイプだ。

いや、正確には、浮きの沈みをよく観察して、餌を飲み込む前に引っ張り上げて、口に引っ掛けるのが浮き釣りの正しいやり方である。

釣った魚が針を完全に飲み込んでいたら、失敗と思っていい。

まあ、そんなのはしっかり釣りを楽しむ人のルールであって、俺みたいにのんびりするために竿を置いている者にはどうでもいいことである。

さて、話は変わるが、贅沢《ぜいたく》な時間の使い方とはなんだろうか？

ここでミソなのは有意義な時間の使い方ではなく、贅沢な時間の使い方ということ。

有意義というのは、意義がある時間の使い方なので、鍛錬とか自分にとっていいことに時間を使うことを意味する。

しかし、贅沢は違う。

俺の考える贅沢な時間の使い方。

いや、これ以上、贅沢な時間の使い方は存在しないと断言できる。

それは、時間を無駄に使うことである。

誰にとっても、もちろん自分にとっても、無駄に使うことである。

ボーっと過ごす。

これ以上、有限である自分の時間の贅沢な使い方はないだろう。

ということで、現代社会に疲れた俺はたびたび、時間を贅沢に使い、ボーっと過ごし、心を癒すために海に行ったのだ。

こんなふうに、ただ空を眺め、たまに竿を上げる。

このゆるやかで、無駄な時間の流れが俺を癒してくれる。

何も考えなくていい。

「……のんびりですわね」

「……ん。初めての経験」

横で一緒に竿を垂らすのは、今回の護衛役のサマンサとクリーナ。

ジェシカとリーアは俺のドッペルと一緒に、クリーナの国へ向かっている。

サマンサの時とは違って、公爵の領地ではなく、王都に行かなくてはいけないので3日ほどかかる。

アルフィンという聖剣使いの件で多少余裕がなくなっていたので、ちょっと休みを取りたいと嫁さんたちに言ったら、すぐに許可を貰えた。

出発関連は任せて、俺はこうやって自分を見つめなおす。

というか、贅沢に時間を無駄にしてのんびりしているところなのだ。

で、のんびりするのは俺の庭、ダンジョン内。護衛も、日の浅い2人で大丈夫だろうということで、この2人と一緒に竿を下ろしている。

最初は2人とも、この時間を無駄にするという贅沢な時間の使い方に慣れていなかった。片や公爵次女で毎日を忙しく過ごしていて、片や学府でシングルナンバー3という肩書を持ち、毎日を勉学、魔術の探求へと時間を使っていたからだ。

どちらとも、時間を有意義に使うことはよくしていたが、贅沢に使うというのはしたことがなかったみたいだ。

「……ユキ様の言う通り、これこそ本当の贅沢ですわね」

「……ん。肯定。稼いだお金を使うわけでもなく、ただ時間を浪費するだけ。でも、この余裕は必要だと思う。この感覚は普通では得られない」

「ええ、なんというか。この、のんびりした時間の流れは他では得られないものがありますわね」

2人ともそう言って、ぼんやり水平線を眺めている。

「まあ、色々考え事がある人も、海を眺めに来ることも多いぞ」

「……それは分かりますわ」

「ん。この海原を前に色々考えるのは効率的に思える……理由はないけど」

たぶん、それは、母なる海に惹かれているんだよ。

この感覚は、本当にやってみないと分からないんだよな。

ただボーっとしている。

さすがにそれだと退屈するので、魚を釣るということをしているのだが。

クンッ、ククンッ。

そう思って竿を見ていると、明らかに何かが食いついた反応がある。

「2人とも、俺の竿見てみろ。ああやって、何かが食いつくと竿の先が反応する。無論、浮きも浮いたり沈んだりしている」

「あ、本当ですわ」

「聞いてはいたけど、実際見ると納得」

とりあえず、現場を見せるのが一番勉強になる。

2人の視線を集めた上で、竿を引き上げる。

すると、思った以上の、いいサイズの魚がかかっていた。

「凄いですわ」

「凄い」

2人とも驚いているが、俺も驚いている。

防波堤から竿を振って釣れる魚なんぞ、たかが知れているはずだが……。

ああ、ここで釣りするのは俺たちだけだし、魚は人を警戒していないのか。

普通、釣りが有名な防波堤ではちっさいのが数匹釣れるか、砂の中で餌待ちしているヒラメなどぐらいしか大物はかからない。

と、そんなことより、さっさと針を外すか。

「あー、やっぱり飲み込んでるな」

「飲み込む、ですか？」

「どういうこと？」

　2人は魚釣りがこれが初めてだ。

だから、針を飲み込むとかいう話は理解できないだろう。

「ほら、糸が魚の奥深く、見えないところまで入っているだろう？」

「はい」

「ん。それは分かる」

「本来、釣りは魚を取って食べる。つまり食料を手に入れることだ。そして、釣り竿や釣り針は道具。つまり、正しい釣り方は飲み込む寸前に引っ張って、口に引っ掛けて釣るのが正しいんだ。なぜかというと……」

　とりあえず、釣り具箱からあるアイテムを取り出す。

「それはなんですの？」

「小さい鉄の棒に、フックが付いている？」

　見た感じは、クリーナの言う通り。

　これは魚が針を飲み込んだ時に使うもので、フックに釣り糸を通して、それを辿り釣り針を探し当てて……。

コン。

そんな硬いものと接触する感覚が手に広がる。

これが飲み込まれた釣り針だな。

釣り針の構造上、かえしがついているので、針を外すときはかなり力が要り、魚の口が裂けてしまうことが多い。

それを、魚の体内でヤレバ。

ゴリッ。

そんな音がして、とりあえず釣り針は回収できた。

しかし、釣り針を強引に体内で外された魚は血を流してビクンビクンしている。

「……う」

「……なるほど。体内で釣り針を外せば当然の帰結。そして、鮮度が落ちる」

「クリーナの言う通り、魚も内臓をずたずたにされて死んでしまうし、死んでしまえば鮮度が落ちる。だから口に引っ掛ける必要があるんだ。サマンサにはつらかったか？」

サマンサは、魚が取り置き用のバケツの中で海水を血に染めているのを見て少し青い顔をしている。

「いえ、私も普通に魔物などを倒したりしています。ちょっと魚をこういうふうに見ることはなくて慣れていなかっただけです。大丈夫ですわ」

「そうか。ま、無理するなよ」

「はい」

とりあえず、アイテムボックスの能力があるので、そっちにさっさと魚をしまう。

わざわざ鮮度を落とす必要もないからな。

こういうのは便利だよな。アイテムボックス。

すると、服を引っ張られる感覚がして、その方向を向いてみると、クリーナが俺を引っ張っていて、自分の竿を指さしていた。

「ユキ、私の竿の反応。魚かかってる？」

そう言われて竿に目をやると、確かに波で来る反応とはまったく違うしなり方をしている。

「釣れてるな。自分で釣ってみるか？」

「ん。やる」

クリーナは即座に返事をして、竿を持ち、リールを巻く。

すると、竿がビクンビクン反応し始める。

「ん⁉ 引っ張られる‼」

「落ち着け、引きずり込まれるレベルじゃないなら、普通に巻いていけばいい。魚だって意にそぐわない方向に引っ張られるのは嫌だからな」

「納得」

俺の説明に納得したのか、カリカリとリールを巻いて、ついには魚を釣り上げる。

「クリーナさん凄いですわ」

「ん。ありがとう。見て、釣れた」

そう言って魚を見せてくれるクリーナは年相応の女の子だ。

クリーナはサマンサよりも下でシェーラよりも少し年上、中学生ぐらいなのだが、今までクリーナを見てきてこういう顔は初めてだ。

「よかったな。えーと、釣り針は……運よく口に引っかかってるな。どうする？　自分でとってみるか？」

「ん。やる」

そう言って、クリーナはサマンサと協力しながら魚の口についた釣り針を回収する。

「綺麗にとれた。魚は死んでいない」

「ええ。そうですわね」

「よかったな。しかし、思ったよりも釣れるな。サマンサの竿も反応しているようだし」

「え⁉　ほ、本当ですわ‼」

「サマンサ頑張れ」

「ええ‼　私も釣り上げて見せますわ‼」

そして、サマンサも初めての感覚に戸惑いつつも、魚を無事に釣り上げる。

どっちとも、普通に食えるサイズだ。

だから、俺は家族の台所を預かる身として思ったわけだ。

「この大きさがそれなりに釣れるなら、今日の晩御飯は魚料理だな」

なんとなく、俺はそう言った。

いや、台所を預かる身でなくても、釣りをしに行くのだから、釣ればおかずが一品増えるぞとか言うだろう。

そう、そんな思いで、特に深く考えもしないで言ったのだ。

だが、２人はその言葉で動きを止める。

「魚料理ですか？」

「あの、美味しい？」

「ん？　ああ、もっとも俺たちは大家族だからな。もっと釣らないと、皆の分がないから、メイン料理にはできないだろうな」

俺がそう言うと、２人は即座に釣り針に餌を付け直して、海へと放る。

「たくさん釣りますわよ‼」

「ん。美味しいものを食べる」

ああ、海水浴の時のあのご飯か。

皆食いだおれていたな……。

嫁や女性としてはどうかと思ったが、ご飯を美味しいと言ってくれるのは俺としては嬉しい限りだ。

今日は、他の皆はお仕事だしな。

そうだな、美味《うま》いと言ってくれたご飯を用意して、疲れた皆をねぎらってやるべきだな。

さて、それなら、今からやるべきことは……。

「よし、２人とも、竿を持って別の場所に行くんだ」

「え？」

「なぜ？」

２人は不思議そうにこちらを振り返る。

「魚を釣る場所はここだけじゃない。少し移動しただけで、魚が釣れたりするポイントがあったりするんだ」

そう、釣りをする上で一番大事なのは、釣る場所である。

魚のいない所に餌を落としても釣れるわけがない。

ならば、魚が多い場所に餌を落とせば食いつく。

「なるほど」

「ん、理に適っている」

「じゃ、今日の晩御飯をたくさん釣るために、分かれていい場所を探そう。見つかったらそこで3人で一気に釣る」

「分かりましたわ」

「分かった」

2人はすぐに、糸を巻いて、竿を上げ、思い思いの防波堤のポイントで竿を振る。

さて、俺が狙うのは……。

防波堤の一番先。

防波堤とは本来、波を防ぐためにある。

構造上、内海と外海とに分かれるのだ。

内海というのは、防波堤で囲われて、常に穏やかで、入り口が狭《せま》い船着き場のような場所を内海という。

逆に外海というのは、外洋に面していて、海が荒れるとすぐに影響を受ける場所を指す。

つまり、内海と外海では環境が違うといっていい。

そして、防波堤の一番先というのは、内海と外海の境。

内海に住む魚は、外海からくる餌を待ち、外海に住む魚は流れが集まっているので、そこに集まりやすい習性がある。

お互いの餌場ということだ。

まあ、全部が全部通用するわけではないが、ここはできたばかりで、釣りをするのは俺たちぐらい。

だから……。

「おっ、来たな」

浮きと竿が小刻みに反応して……。

「ここだ‼」

引っ張って口に針を引っ掛け、即座に巻き取る。

いいサイズの魚が釣れている。

しかし、まだ1匹目。

ここが入れ食いだとは限らない。

何度か試さないと。

結局、そこは俺の予想通り、入れ食いの場所で……。

「ああ、またきましたわ‼」

「私も」

「こっちもだ」

3人でたくさん魚を釣って晩御飯前に戻り、捌いて料理をして皆で楽しい晩御飯を食べた。

「今日は楽しかったな」

「はい。とても楽しかったです」

「お腹もいっぱい。幸せ」

2人は自分が釣った魚が食卓に並べられて満足げな顔をしていた。

うん。

ボーっとするのは途中で終わったけど、こういうのもいいよな。

今度は皆を連れて、魚釣りをするのもいいかもしれない。

第286掘：空の旅

side：デリーユ

いやー、空の旅というのもあながち悪くはない。

現在、妾《わらわ》ことデリーユは心の底からそう思っていた。

確かに吹き付ける風はとても寒い。

防寒具なしではとてもつらいだろう。

しかし、寒さなどなんのその。

目の前に広がる世界は、とても凄かった。

どこまでも続く空と、それに続く大地。

その狭間を妾たちはワイちゃんに乗って空を駆け往《ゆ》く。

「いつまでやってるんだよ。風邪ひくぞ、デリーユ」

妾が空の旅を謳歌している中、そんなふうに声をかけてきたのは、妾の夫、ユキである。

振り返るとユキは、のんびり他の嫁たちと炬燵《こたつ》を囲んでみかんを食べている。

このワイちゃんことワイバーンの移動方法、および妾たちの運搬方法だが、デカい檻を首から下げて、さらに持たせているのだ。

無論、ユキやナールジア、フィーリアのアイデア、合作であり、炬燵を出している範囲はエンチャントにより完全無風区画となっている。

妾の場所は観光区画で、風をわざと浴びたり、気温も外に応じて変化している。

サイズに関しては6人が余裕で横になれるほどの大きさがあり、4m四方の正方形だ。

ワイちゃんのサイズは5m、翼を広げると10mというところ。

大きい、というのはこれで理解できると思う。

見た目はただの大きい檻に、小さい檻を入れているような形なのだが、檻ごとに多重障壁を備え、それが二重。

分かると思うが、この前の聖剣使いたちからの奇襲を受けたとしても、この籠《かご》の中にはダメージを通せないだろう。

もちろん、落下ダメージもなく、魔力スキル無効に対しても、えあばっく？　なるものを参考にして、一度きりの放出だが、乗員を守ることができる、とユキたちは言っていた。

ならば、残るはワイバーンのワイちゃんを叩き落とすことを狙うべきだが、このワイちゃんはスティーブ自らが鍛《きた》え上げ、並のワイバーンどころか、上位の火竜ですら完封できる。

さらに、ワイちゃん自体にもエンチャント装備を纏わせているので、さらに底上げがなされている。

正直な話、ワイちゃんが全力で飛ばせば、アグウスト国王都まで1日どころか半日で着く。

では、なぜ3日もかけていくのか？

それは、ワイちゃんのスペックを明かさないためである。

下手にこの高性能がばれれば、後ろ盾を無視して、どうにかして竜騎士アマンダを奪おうと画策する輩《やから》が出てくる可能性がある。

ということで、それをカモフラージュするため、戦闘能力は高いが、飛行距離は短く、休憩がいる、などと誤情報を撒《ま》いているのだ。

あと、万が一、妾たちにケンカを売ってくる阿呆がいても、ワイちゃんの戦力を誤認してくれるのはありがたいのだ。

……竜騎士アマンダ本人もワイちゃんの本当のスペックを知らないがな。

「聞こえてるかー？」

振り返っただけで、返事をしない妾を見て声が聞こえなかったと思い、再び声をかけてくるユキ。

おっと、返事を忘れておった。

「聞こえておるぞー。心配はいらぬ。この程度で風邪など……」

妾がそう答えようとすると、それにかぶせるようにユキが告げる。

「万が一、風邪をひいたら、最低1週間は子供たちと接触禁止だからな」

「なに⁉」

何じゃその、子持ちの母親に対しての処刑宣告は!?

妾が風邪をひくとは思えんが、子供たちと1週間も接触禁止という可能性があるだけでも、回避せねばならん。

なので、即座に炬燵がある籠へ戻る。

中に入ると、風がやみ、ほんのり心地いい感じの気温に保たれていることが分かる。

炬燵は大きく、12人ほどが同時に入れる構造をしている。

しかし、ユキの横は当然空いていない。

ルルアとエリスががっちり両脇を固めていて、膝の上にはアスリンが座っておる。

仕方がないので、ユキの向かい、サマンサの横の炬燵に入ることにする。

じんわりと、足先から腰へ温まる感触にほっとする。

去年の冬に初めてお世話になったが、うむ、いいものだ。

今年も妾の部屋に設置しよう。

「はい。デリーユ師匠、お茶です」

「お、ありがとう。アマンダ」

「いえいえ、私も暇ですし」

「何なら、訓練でもするかの？」

「いえ、さすがにそれは……。ワイちゃんのこともありますし」

「それもそうか。今日、休む前にはちゃんと訓練するぞ」

「はい」

うむ。

アマンダもエオイドと結ばれてから、訓練に身が入っているのだろう。

まだ1日2日といったところだが、目に見えてやる気が増している。

これが、成果につながれば万々歳なのじゃが。

「と、そうじゃ。なんで風邪をひくと子供たちと会えないのじゃ」

そうそう、そこが一番大事じゃ。

「いや、子供たちに風邪をうつすつもりかよ。大きくなっているならともかく、まだ1歳にもなっていない子たちだぞ。苦しくても何がどう苦しいのか、というか、熱があるのかすら、俺たちの経験で判断するしかない。そんな危ない橋は渡れない」

「……その通りじゃな」

我が子たちが、妾が原因で苦しい思いなどすれば、自殺してしまいそうじゃ。

ダメな母親であった。ユーユ、ママを許しておくれ。

「あの、すいません。デリーユ師匠、子供って？」

この会話を聞いていたアマンダが興味を持ったのか聞いてくる。

「ん？　ああ、アマンダには言ってなかったな。妾は子持ちじゃ。無論、ユキとの子供じゃな」

「ええっ――!? こ、子供!? 産んだんですか!? あれ本当の話!?」

「なんじゃ、信じてなかったのか。可愛い愛娘じゃ。そこの、エリスとルルア、ラッツも産んでおるぞ」

「ええっ――!? ほ、本当に!?」

今回の旅路は王都でのお偉いさんの交渉が色々ありそうなので、物品交渉役として、エナーリアで色々調べ物をしているラッツを引っ張り込んでいる。

ま、妾たちは新大陸の情勢なんぞより、子供たちの世話が優先なので、日に何度もドッペルを出たり入ったりの繰り返しだったりする。

「エ、エリス師匠も? ルルアさんとラッツさんもですか?」

「ええ、事実ですよ。もちろん、ユキさんとの子供です」

「はい。旦那様との愛の結晶ですね。あ、ユキ様が相手ですよ」

「なはは、右に同じですね。お兄さん以外あり得ませんからね」

3人もアマンダの質問に簡単に答える。

何も恥ずかしいことではないからのう。

むしろ誇《ほこ》るべき話じゃ。

「あ、でもユキさんの話からすると、学府にお子さんたちを連れて来ているんですか?」

「あ、いや違うぞ、ダンジョ……」

「デリーユさん、このみかん美味しいですわよ」

妾がそう答えようとすると、サマンサが咄嗟に妾の口へみかんを放り込んで塞ぎ、ユキが即座に答える。

「アマンダが聞いた通り、子供が多いからな、俺たちの拠点では、だんじょ、男女共々、夫である俺も子供の面倒を見ているんだ。まあ、乳母《うば》もいるけど、戻ってるときは自分たちでちゃんと面倒見ているんだ」

「なるほどー。いいですねそういうの。ね、エオイド」

「そうだね。でも、僕は子供を置いて旅に出られそうにないよ」

「あー、私もできそうにないわ」

「ま、そこら辺の関係で、体調を崩したまま子供たちに会えば、子供たちに病気がうつるかもしれない。そういうのはなるべく防ぐために、風邪をひいた後は、治ってもしばらく時間を空けて、完全に治っているのを確認してから、子供たちに会うようにしているんだ。ほら、ぶり返すとかあるだろう？」

「ああ、ありますね」

「なるほど。勉強になります」

目の前でそんな会話が繰り広げられている中で、口に放り込まれたみかんを咀嚼《そしやく》し、飲み込む。

「すまん。助かった」

妾も自分が要らぬことを口にしかけたと分かったので、特に慌てることもなく、すぐにフォローしてくれたサマンサにお礼を言う。

「いえ。でも、デリーユさんがああいうミスをするとは思いませんでしたわ」

「うむ。妾も不思議じゃ。おそらく、アマンダは妾の弟子じゃから、そこら辺が甘くなっておるのかもしれん」

「なるほど。まだ弟子を取ったことはありませんが、身内と思っている相手に隠し事は難しいですからね」

「そうかもしれんな」

そうコソコソ話をして、目配せで、皆に謝る。

皆、気にするなという視線を返してくれる。

うーむ、妾も子供を産んで多少気が抜けておったかのう？

今日、家に帰ったらもう一度謝っておこう。

「あ、あの、デリーユ師匠。お子さんの映像とか写真持っていませんか？」

「ん？」

気が付けば、アマンダがこっちに身を乗り出して、期待の眼差しで見ていた。

「デリーユ、あなたは子供の写真持ってたわよね？」

「いやー、申し訳ない。私とエリスは子供たちの映像や写真は撮らずに出てきたもので」

「私の子供は見せたのですが、アマンダさんはデリーユさんの子供も見てみたいそうですよ」

ああ、エリスとラッツの娘は見せるわけにはいかんからな。

人でなく、亜人なのだから。

もちろん、持っていないなんてのは嘘である。

全員、子供たちの写真は当然として、ユキとのツーショットの写真をロケットのペンダントに入れて大事に持ち歩いている。

どうやら、ルルアはロケットの写真は見せずに、アイテムボックスから写真を取り出したようじゃな。

まあ、エリスとラッツのロケットには子供の写っている写真があるから、そちらを見てみようなどということがないようにするためだろう。

ということで、ルルアを見習うように、懐を探るようにして、アイテムボックスに手を入れ、写真を取り出す。

「ほれ。これが妾とユキの愛の結晶、ユーユじゃ」

「うわー。可愛い。ユーユちゃんって言うんですね」

「うむ。女の子じゃ」

「ねえ、エオイド。やっぱり、最初の子供は女の子がいいと思うのよ」

「いや、そんなこと言われてもな……」

「妾としては、男の子がよかったのじゃがな」

「え、どうしてですか？」

「妾の戦闘スタイルは格闘じゃからな。体に傷がつきやすい。男なら傷は勲章じゃが、女だとな」

「あー、なるほど」

妾も不老となって回復力なども飛躍的に上がり、不老以後の傷痕はなくなっているが、不老になる前、修練で傷ついた痕《あと》は残っている。

顔とか、胸とかになかったのが幸いじゃな。

それでも、ユキに裸を見せる時は、勇気が要ったわ。

まあ、ユキはそんなのは気にしないで、むしろそれを含めて愛してくれたが。

ユーユにこの格闘術を教えるかは、ユーユの姿勢次第じゃな。

格闘術は、あえて女がとる手段でもなかろう。

セラリアの剣術、ラッツの槍術《そうじゅつ》、エリスの弓術、ルルアの魔術、そっちの方が安全だと妾も思う。

「まあ、落ち着けアマンダさん。子供の前に、新居とかを決めるのが先だろう？」

「あ、そうですね。エオイド、この任務が終わったらすぐに家を探すわよ」

「え⁉　そ、そんな余裕ないよ⁉」

「うー、そういえばそうよね。……じゃ、まずはお金を稼がないと。それまでは当分実家か。それだとイチャイチャできないじゃない」

「そんなこと言われても……」

なはは、一般人はこういうところで悩まなくてはいけないのう。

妾たちはそこら辺、甲斐性がある夫じゃからな。

ん？　でも新居云々は確か、ポープリたちが支援するとか言ってなかったか？

「のう、エリス。新居云々や資金関連は何か援助するとか言ってなかったか？」

「ええ。ポープリ学長が支援する予定ですよ」

「本当ですか‼」

「はい。でもアマンダ。それはあくまで支援。ずっと頼りきりではいけませんよ。ちゃんとお金を稼いで、自分で家族を守っていけるようになるのは大事です」

「はい‼　エオイドと頑張っていきます‼」

「そうね。夫婦なんだから、そこら辺は協力して、私たちみたいな夫婦を目指してね」

そんな、未来を嬉しく語る若者たちと話していると、気が付けば遠目に、村が見える。

「のう、クリーナ。あれが言っていた今日の中継地点の村かのう？」

妾は今回の案内役であるクリーナに聞く。

「ん。その通り。あれがラライ村。学府からアグウスト王都の旅路にある村。アマンダ、向こうには一応連絡は通っているけど、村人を怖がらせたくはない。遠目に下りて陸路で向かおう」

「分かったわ。ワイちゃん、あの道がある草原に降りられる？」

side：ユキ

ギャース。

ワイちゃんはそう鳴いて、地面に向けて徐々に下降を始める。

最初の頃は一気に急降下を始めて、クロちゃんたちにこっぴどく叱られてたっけ。

アスリン姫たちのことをもっと考えろと、実際急降下した方がいいこともあるが、乗客を乗せてるようなもんだしな。

「皆、降下地点付近を索敵しろ」

「「はい」」

俺がそう言うと、全員が武装して、降下地点の草原を監視し始める。

俺たちの世界では有名だが、離着陸、上陸中などは一番油断する時であって、そこを狙われて大被害を被ることがある。

まあ、あの二次大戦の上陸作戦の油断を油断と言うべきかは疑問だが。あの雨あられの砲撃や支援爆撃を切り抜け、防衛に当たった守備隊が異常と言うべきか。

かの有名な上陸作戦は、結果だけ見れば成功しているが、詳しい内容を見ると成功しているとも言い難いととれる話もある。

血に濡れた故郷の歴史ではあるが、それは俺たちの安全への知識へ繋がる。

そこだけは感謝しよう。

遠めに映る村には人が入り口に群がって、こちらを見ている様子が分かる。

通達してなかったら、即座に逃げていただろうな。

そんなことを考えていると、もう地面が近い。

「着陸態勢。即座に展開するぞ」

「「了解」」

ズンッ。

そんな音を立てて、籠が地面に着く。

そして、即座に扉が開かれ、皆が出ていく。

これは、即座に乗り物から離れることによって、集中砲火による一網打尽を避けるためでもある。

ワイちゃんと籠の装甲を抜けるとは思えないが、念には念を入れるべきだろう。

「こちらラビット、クリア」

「フォレスト、クリア」

「ホワイト、クリア」

嫁さんたちからそんな声が上がる。

ちなみに、ラビット、フォレスト、ホワイトはコードネームである。

順にラッツ、エリス、デリーユで、由来は言わなくても分かると思う。

誰が誰だとすぐ分かるなら、コードネームの意味ないじゃんと思うかもしれないが、それは俺たちにとっての話だ。

敵にとっては、いきなり名前をコードネームで呼ばれると、誰が動くか分からないし、別働隊がいるなどと憶測も呼ぶ。

スティーブたちは数字なんだけど、嫁さんたちは可愛いコードネームの方がいいだろう。

あ、武装ですが、こういう時は全員、銃器装備です。

エオイドやアマンダは最初、この銃器に首を傾げていたが、魔術の杖《つえ》って言ったら信じた。

うん、便利だね魔術って言葉。

もちろん、嫁さんたちも銃器の練習はしているし、エリスやラッツに至ってはスティーブたちの特殊部隊でやっていける技能持ちだ。

ここに来ていない、トーリやリエル、カヤも獣人特有の感覚でかなり凄い。

基本は、大陸の文明に合わせて剣や弓だが、こういう強襲されると危ない所や、いざという時は銃器をアイテムボックスから取り出して、使うようにしている。

最後には「魔術です」キリッ、で通るからな。

セラリアはどこかのガン＆ソードのスタイルが好きらしいが、あれは実戦向きでないのでやめてほしい。

で、この銃に一番適性があったのが誰かと言うと、エリスだ。

森の人とも呼ばれ、森で狩りを行い、弓をメインとして使っていた彼女は、スナイパーライフルによる狙撃を得意としている。

ビューティフォーとか、白い狙撃手を思わせる腕である。

エナーリア襲撃では、終始、弓と矢で立ち回っていたが、あの時、銃器を持っていれば、視界に入るすべての敵は瞬《また》く間に倒れていただろうと思われる。

無論、弾丸などは人を想定しているもので、この世界の魔物には効果が低い。

そこは、魔術による威力向上とか炸裂向上で、一発の弾薬の火力をグレネード並ぐらいまで簡単に引き上げられる。

「こちらブルー。村から一騎走ってきています」

ルルアからそんな声が届き、全員がそちらを注視する。

そこには、村には似つかわしくない、立派な鎧《よろい》を着た男が、これまた立派な馬に乗ってこちらに来ているのが見える。

「クリーナ、あれって……」

「ん。アグウストの兵士。身なりからして、近衛だと思う」

「そうか。武装を通常へ。おそらく迎えか何かだろう。一応、警戒は解くな」

「「了解」」

即座に、剣や槍《やり》、杖などと言った武装に切り替える嫁さんたち。

そして、そこまで時間がかかることなく、その騎士らしき男が近くまで来て、馬から降りる。

「こちらに敵意はありません‼ 勅命《ちょくめい》により、皆さま方の案内を任された、アグウスト近衛副隊長のビクセンと申します‼ 確認いたしますが、ランサー魔術学府の竜騎士アマンダ様御一行でお間違いないでしょうか‼」

イケメンとは違うが、立派な体躯に、それに伴うはっきりとした声。

30を少し過ぎたぐらいの顔つきで、ナイスミドルと言った感じだ。

しかし、その後に沈黙《ちんもく》が流れる。

「……アマンダ。あなたが呼ばれたのだから、あなたが返事しないと」

「ふぇ⁉ あ、は、はい‼ その通りです‼」

アマンダの護衛を兼ねて近くにいたエリスがそう諭すと、慌てて返事をする。

その様子を見ていたビクセンさんは不思議そうに、こちらに視線を向けてくる。

俺は軽く頭を下げると、向こうもこちらの意図が分かったみたいですぐに頷き返してくれる。

「アマンダ様、そちらに近寄っても大丈夫でしょうか？」

「はい‼ 大丈夫れす‼」

カミカミだな。

ま、アマンダにとっては偉い人とこんなふうに話すのは初めてだろうからな。

とりあえず、許可を貰ったビクセンさんはワイちゃんに視線をやりつつ、アマンダへと近づいていく。

怖いよな。

いつ、ぱくっといかれるか分かんねーし。

「改めまして。初めまして、ビクセンです。アグウストの近衛副隊長をしております」

「ひゃい。わ、私はアマンダと言いましゅ‼」

「すいません。アマンダは庶子の生まれでして、このようなことは慣れていないのです。多少不作法があるかもしれませんが、容認していただけるとありがたいです」

横にいるエリスがフォローをする。

同じく横にいるエオイドはアマンダと一緒にカチンコチンである。

「そうでしたか。アマンダ様、大丈夫です。竜を従える偉業を成し遂げ、傲慢《ごうまん》にならず、こうやって私にも礼を尽くして話してくれるのです。これを不敬、常識知らずと断じる輩はいないでしょう。そのような輩がいれば私が排除いたします」

「あ、ありがとうございます」

「いえ。当然のことです。そして、そちらは護衛で来ると言われた傭兵団の方々ですかな?」

アマンダとの挨拶を終えたビクセンさんはこちらに振り向く。

「あ、はい。傭兵団でもありますが、ジルバ、エナーリア、ローデイの代表でもありますので、あの、あまり雑な扱いは……」

「存じております。初めまして、貴殿が噂のユキ殿でしょうか」

噂か、まあエナーリアでの大事は情報収集してりゃ手に入るよな。

「ええ。私が傭兵団をまとめているユキです。で、噂とは?」

「エナーリアでの襲撃事件の際、見目麗しい傭兵たちを指揮し、見事人々を救ったと聞き及んでおります」

……見目麗しい?

ああ、嫁さんたちのことか。

「たまたま、居合わせただけですよ」

「いえ、居合わせただけで、敵の戦力も分からないのに、人々を救おうとは思わないはずです」

確かにその通りだ。

普通に戦力不明なら、自陣を固めて流れを見極めるのが普通。

……怪しまれているのか？

「我々傭兵団も人々あってですからね。食料しかり、武器しかり、寝床しかり、ついでにその時はジルバの姫の護衛もしていましたから、当然ですね」

「私はあなたの当然を尊敬いたします。騎士として、1人のこの地に生きる者として」

裏があることは考慮しなければいけないが、ビクセンさん自体は真面目な騎士なようだ。

「と、失礼いたしました。長話をこのようなところでするべきではないですね。村の村長とは話を通して、泊まる場所を確保しております。案内いたしますのでこちらにどうぞ。アマンダ様の竜は申し訳ありませんが、村の入り口に置いていただければと思います」

「はい、分かりました」

そう言って、俺たちは、村へと歩みを進める。

「ジェシカ、クリーナ、サマンサ、あのビクセンって人のことは聞いたことあるか？」

俺がそう聞くと、クリーナは首を横に振り、ジェシカとサマンサが頷き口を開く。

「私と同じように、魔剣使いであるアグウストのスーラ将軍の側近だったはずです」

「私もそう聞き及んでおりますわ。でも、クリーナさんが知らないのは無理もありませんわね。あの方の名が広がったのはおよそ7、8年前。クリーナさんはその頃はすでに本の虫でしたわよね」

「……ん。否定できないのが悔しい」

「あー、2人とも、クリーナちゃんをいじめちゃだめですよ」

「リーア姉さん、2人がいじめる」

そう言いながらひしっと抱き合う、リーアとクリーナ。

この2人は最初の出会いから姉妹みたいになっているんだよな。

と、それはいいとして。

「そんな有名な人が、近衛の副隊長で俺たちの迎えね……。何事もないといいけど」

「警戒しておいて損はないでしょう」

「だな」

「ですわね。大物がこんな案内役ですから」

ジェシカ、サマンサとそんな話をしながら、目の前を歩くビクセンさんを見つめる俺であった。

ちなみに、ビクセンさんの横にいるアマンダはいまだ硬さが抜けず、エリスがフォローに入っている。

……こっちも問題だな。

後でビクセンさんと相談して、王都に着く前に多少慣れておいた方がいいような気がしてきた。

第287掘：和気あいあい

ｓｉｄｅ：ユキ

村での一泊。

ワイちゃんに驚く村人はいたが、特にパニックにもならず、日が沈むころには子供がワイちゃんの背中に乗って遊んだりしていた。

逆にビクセンさんは、竜騎士アマンダや竜が怒らないか、心底肝を冷やした様子で見ていた。

実際、最初の方は近寄ろうとした子供を注意しようとしたのだが、アマンダが許可を出したので、何も言えないまま、おそらく村が火の海に沈む光景でも想像したのか、青い表情でことの成り行きを見守っていた。

だが、その表情も吹き飛ぶことになる。

『こ、これが、空を駆けるということか‼』

日が沈む寸前。

俺は言ったのだ、この昼と夜が混じり合う時間の空は綺麗だと。

そしたら、アマンダが希望者を空に連れて行ってあげていいですか？　と聞いてきた。

戦力把握は済んでいるし、特に問題はなかったので、俺たちの中から護衛を引き連れることを条件に空を飛んだのだ。

「わー、すごーーーい‼」

「飛んでるんだよね、これ‼　凄いよ‼」

そうやってはしゃぐ子供たちを、ルルアとエリスが優しい表情で注意する。

「落ち着きましょうね。空は寒いですから、ちゃんと服を着ましょう」

「そうですよ。明日風邪をひきましたでは、親御さんに申し訳ないです。心配させないためにもちゃんと服を着ましょうね」

「「はーい」」

そんな子供たちとは対照的に、空を飛ぶことを怖がっていた大人たちは、今まで見たことのない景色に口を開けて驚いていた。

「村長、おれ、空なんて初めて飛んだよ……」

「わしもじゃよ……」

俺はその大人たちの相手なのだが、その反応に苦笑いだ。

まあ、空を飛ぶという発想が、一般人にはない時代だからな。

無論、ビクセンさんも乗っているが、籠の中ではない。

竜騎士アマンダとともに、首にまたがっている。

一緒にデリーユも首にまたがっていて、コールを音声のみにして会話が聞こえてくる。

『どうですか。空は』

『素晴らしい‼　アマンダ様、このような貴重な経験をさせていただいて感謝いたします‼』

『なっはっはっは、先ほどまで腰が引けていた御仁と同じ人物とは思えんのう』

『お恥ずかしい限りです、デリーユ殿』

『恥ずかしがることはないぞ。お主はこうやって、腰が引けていても新しい一歩を踏み出したことには違いない。それは勇気というモノじゃ』

『なんと心に染み入るお言葉か。さすがユキ殿の奥方でいらっしゃる』

なんで、ここの新大陸の連中は俺を持ち上げてくるかね？

おかげで、必要以上に働かなくちゃいけないんですが……。

そんなことを思いつつ、夕日に視線を向けるとあの瞬間が迫っていた。

「デリーユ。もう日が沈む寸前だ。アマンダに夕日の方向を向くように言ってくれ」

『分かったのじゃ。アマンダ‼　夕日の方向へワイちゃんを正面に向かせろ‼　いいものが見られるぞ‼』

『はい、分かりました‼』

『いいものですか？』

『うむ。ユキが言っていたのじゃ、自然が生んだ世界の宝石と』

ゆっくりと旋回が始まる。

俺たちも顔を見合わせて、子供たちや大人たちに夕日を見るように言って、ワイちゃんが夕日に正面を向き、その瞬間が訪れる。

日が沈む瞬間。

空の蒼と、夜の藍、星空の光、地平線に沈む赤。

夜の帳《とばり》が下りるその瞬間。

この一瞬には、昼と夜が混じり合う。

全員、言葉も発さずに、ただそれを見つめる。

昼の世界と、夜の世界が、混じり合うその光景を目に焼き付けるように。

いつも当たり前だと思っている自然の営み、その瞬間をわざわざ見る余裕はこの世界の人々にはないだろう。

ましてや景色を楽しむためだけに空を飛ぼうと思う人は、日本でもそうはいない。

せめて、山に登ったり、海へ行ったりがせいぜいだ。

だが、そうはいないだけで、存在はしている。

日本だけでなく、世界中に。

昼と夜の瞬間だけでなく、自分たちが生きる世界に、どれだけ素晴らしい光景が残っているか。それを知り、記録に残したくて、世界をまたぎ空を飛ぶ人はごまんといる。

そして完全に日が沈み、周りが完全に暗くなる前に、村へと降りる。

子供たちは空の旅が楽しかったのか、楽しく話しながら出てきている。

片や大人たちは呆然としたまま、降りてくる。

ビクセンさんも同じだ。

ただ、ひょこひょこと、足取りが不安定というより夢見心地のような感じで歩いている。

ビクセンさんと一緒についてきたお供の兵士さんも同じような感じだ。

……というか、はたから見たら焦点が合っていないので危ない連中に見える。

アマンダとエリスはワイちゃんの世話に行っているし。いや、実際は要らないけどな。

デリーユとルルアは籠の中の掃除に行っている。

アスリンたちは村の子供たちと仲良く話しているし、俺が話しかけるしかないか。

「とりあえず、ビクセンさんに話しかけるか」

「そうですね」

「はい。それが良いでしょう」

「……ん。了解、した」

「……かしこまりましたわ」

ん？　うちの嫁さんたちも何かおかしいぞ。

クリーナとサマンサも同じように呆けている。

「どうしたんだ、2人とも？」

「ユキさん、普通あんなの見せられたらこうなっちゃいますって」

「ですね。文字通り自然が生み出した、世界の宝石というのに魅せられたのです。常人、普通の感性の持ち主であれば、あれを見た後はしばらく放心します」

「そんなもんかね。で、2人は戻すべきか？」

「いえ、いいでしょう。感動しているだけですし」

「ジェシカの言う通りですね。私たちだけでビクセンさんたちを正気に戻しましょう。ついてきてはいますし、勝手に元に戻ります」

「そういうもんか」

ああ、そう言えば、リーアもジェシカも初めて空の上に連れて行って同じような景色を見せた瞬間はこうなっていたか？

……なんか、俺が擦《す》れているみたいに感じるな。

いや、俺も初めての時は感動したはずだ。

……その初めてをまったく思い出せん。

と、そんなことより、ビクセンさんと話さなくては。

「ビクセンさん。どうでしたか、空の風景は？」

「……」

反応がない。

ただ、夕日が沈んでいった方向を見つめている。

どうしたもんかね。

そう考えていると、ビクセンさんが不意に目から涙をこぼす。

「……美しかった」

「はい？」

ナイスミドルが涙を流してそんなことを言う。

「ユキ殿!!」

「はい!?」

いきなり泣いていた、ナイスミドルはこちらに振り返る。

怖いわ。

そして、思いっきり頭を下げる。

何事ですか!?

「心より感謝いたします。あのような景色を見せていただいて。お前たちも感謝の言葉を言わぬか!!」

「「「ありがとうございます!!」」」

ガバッと頭を下げる3人の兵士さんたち。

「い、いいえ。今日はちょうど、雲も多くありませんでしたから、空から見れば、もしかしたら見えるかもと思っただけで」

「なるほど。確かに、山の上からではあのような光景は見なかった。雲が多かったからか」

「あと、山は木々が邪魔していますし、魔物も多くいますから、ゆっくり見る機会がなかったのでしょう」

「道理ですな。しかし、空を飛ぶというのは凄いですな。まるで景色が違う。凄いですな、竜騎士アマンダ様は……はっ、アマンダ様にも感謝の言葉を述べねば。ユキ殿の提案であったとしても、実際、竜を飛ばしてくれたのはアマンダ様なのだ、お前たち行くぞ‼」

「「「はい‼」」」

そう言って、即座に踵を返して、ワイちゃんの調子を見ているアマンダに走り寄り、感謝の言葉を述べる。

「「「貴重な経験をさせていただき、ありがとうございました‼」」」

「ふぇっ⁉」

アマンダはいきなり声をかけられて、お礼を言われ驚いていた。

……どこの体育会系だよ。

俺がそう思っていると、ジェシカが呟く。

「さすが、ビクセン殿ですね。好感が持てる騎士だ」

「ですわね。素直に感謝でき、部下にも慕われている。立派ですわ」

サマンサもなんか同意している。

いや、うん。

そりゃ、ちゃんと感謝しないと、竜騎士アマンダに対して失礼になる可能性があるから分かるけど。

どう見ても、心の底からの感謝だったよ？

俺的には、立派なナイスミドルな騎士から、感動しやすいおっさんになりつつあるんだが。

と、俺の感想はいいとして、日も暮れて、完全に夜だ。

村人たちも、俺たちに感謝の言葉を述べて、家へと戻っていく。

村の全員を乗せてやれなかったのが残念だな。

帰りにでも寄って、その時に残りの村人たちも乗せよう。

乗った、乗らないで諍いが起きてもつまらない。

そんなことを考えていると、村人たちのほとんどが家へと戻り、俺たちとビクセンさんたちが広場に残る。

そこに村長が訪れて、俺たちを自宅へと案内してくれた。

「今日は貴重な経験をさせていただき誠にありがとうございます。竜騎士様に空へ伴ってもらったこと、これを子々孫々まで語り継いでいきます」

「い、いえっ。そ、そんな大層な……」

「それに対して、貧相で申し訳ないのですが、今日は我が村の料理をお楽しみいただければ幸いです」

「ひ、貧相だなんてそんなことありません‼　お、お肉なんて、大変だったでしょう？」

「ははっ、お気遣い感謝いたします。確かに、今日の大皿に載っている鳥肉はそうそう獲れる獲物ではありません。しかし、あのような経験をさせていただいたのです。どうか、お口に合うのなら食べてくだされ。今日、獲物を狩ってきた村人にぜひ使ってくれと言われたのです」

ああ、何か空の旅が終わった後、すぐに籠から飛び出していた青年がいたな。

ビクセンさんと話している間に、何か鳥を持って走っていたけど、それかな？

と、それはいいとして、アマンダもそこまで言われて、観念したのかそのお肉へ手を伸ばし、口に入れる。

「……美味しい‼」

「それは良かった。さ、どうぞ皆さまも。この鳥は見ての通りそれなりに大きく、そうそうなくなるものでもありません」

うん。大きいね。

大の大人１人分のサイズの丸焼きが後方に置いてあるもん。

あれを見て食欲が湧《わ》くのは、村人とか見慣れた人だけだろうよ。

あれだ。田舎でよく食べられるゲテモノ系に似ているんだろうな。

まあ、アマンダが生贄《いけにえ》になって毒見してくれたことだし、俺たちも遠慮なく手を伸ばし、食べる。

口に広がる肉汁、そして肉の味。

「「美味しい」」

ビクセンさんたちも含めてそう声を上げる。

はぁ、香辛料とかなく、味付けは塩だけでここまでか。すげー。

いつも肉よりサラダ派のエリスも、優先的に肉を口に放り込んでいる。

俺も同じように、美味しいので次々に口にこの鳥肉を放り込んでいるが、カリッとしたところを口に放り込んで、何かを思い出しかけた。

……なんだ？

何を思い出そうとした？

似ている？　何が？　味？　ん、どこかで食べたことがある味？

すると、同じようにお肉を食べていたアスリンとフィーリアの声が聞こえる。

「美味しーね。宿屋のおじちゃんのところに似てるね」

「そうなのです。宿屋のおじさんのから揚げと同じ感じがするのです」

「……そういえばそうね」

「ええ。言われてみればそうですね」

２人の言葉にラビリスとシェーラは同意し、俺はその言葉である可能性を見出した。

「すいません、村長。少しお聞きしたいことがあるのですが。いいですか？」

「はい。なんでしょう？」

「この鳥ですが、この村の近くだけにいるのでしょうか？」

「さて……、他の地域のことは存じませんな。申し訳ない。ただ、この鳥は見ての通り、サイズが大きく、空は飛ばないのですが逃げ足が速いので、森の中で好き好んで追う狩人はそう多くないのですよ。気が付けば迷ったり、他の動物や魔物にやられたりしますからな」

「なるほど。では、この料理を旅人に振る舞うようなことはあるのですか？」

「ええ。この鳥が獲れた時は、村全体で祝うのです。これを獲れた幸運と、それを成し遂げた狩人を称えて。無論、旅人もその時にいるのならば、喜びを分かち合います。わずか数度ですが、その幸運に恵まれた旅人がいましたな。ああ、そういえばその数度のうち３回は同じ人ですな。この鳥の味に惚《ほ》れ込んで、よく村に顔を出していました。確か、魔術学府の街で宿屋を営んでいるとか言ってましたな」

ビンゴ‼

あの、おっちゃんのから揚げのルーツはこの村だったか。

「確か、ある日、自分で獲りにいくと言って、狩人についていきましたな。危ないと言っても止まらなくて心配したのですが、驚くことに、その鳥を生きたまま捕らえてきたのですよ」

「ええ。そして私たちにこう言ったのです。この鳥はとても美味しい。皆さんが許してくれるのならば、自分の宿に連れ帰って、客に味を知らしめたいと」

おっちゃん、自分で捕まえることまでしてたのか。

やベー、そのあり方に感動しかない。

「彼が捕まえたのですから、彼がどうしようと自由ですし、村の美味しいものを広げてくれるのは誇らしいので快諾《かいだく》しました。それ以来、なぜか彼は私たちに低価格で、塩や雑貨品などを届けてくれるようになりました。宿が上手くいっているのは私たちのおかげと言って」

凄い。

あのおっちゃんは漢だった。

しかし、あのサイズの鳥を捕まえるとか、元傭兵か何かだろうか?

確かにゴツイ体つきはしていた。

ポープリ学長ともそれなりの付き合いもあるし、不思議ではないか。

「そう言えば皆さまは魔術学府の街から来られたのでしたか。彼の宿などの話は聞いたことがありませんか?」

「うん。おじちゃんのから揚げ美味しいよ」

「街で一番なのです」

そう真っ先に答えるのはアスリンとフィーリア。

「そうですか。それはよかった」

子供たちが笑顔で答えてくれるのは、大人が答えるよりも説得力があるだろう。

そんなふうに、村と魔術学府の意外な繋がりを見つけながら、和気あいあいと食事と話を続け、その日は過ぎていった。


翌朝、村を立つ時間には、村人全員で見送りに来てくれた。

「村の近くを通ることがあれば気軽にお立ち寄りください。こんな村ですが、でき得る限りの歓待をさせていただきます」

「ありがとうございます。お預かりした、宿屋の主人への手紙は確かに届けますのでご安心を」

俺は村長と別れの挨拶をしつつ、昨日の夜に村長がしたためたおっちゃんへの手紙を預かっていた。

「はい。このような田舎者の願いを聞き届けてくれて感謝いたします。こちらは元気だと、直接会うのであればお伝えください」

「ええ。直接お渡しします。どうか、息災で」

「はい。竜騎士様、ビクセン様、兵士の方々、傭兵団の方々、道中の安全をお祈りしております」

「はい。村長さんもお元気で」

「あの鳥は美味しかった。宿屋の主人のように私も狩りにいきたい。必ず、もう一度村に寄らせていただきます。どうか、村の皆様もお元気で」

そう言って、ワイちゃんに乗り込み、空へ浮かぶ。

「元気でねー‼」

「また来てくださーーい‼」

「また、竜に乗せてねー‼」

そんな声が村から聞こえる。

「またねー‼」

「またお会いしましょう‼」

嫁さんたちもそう言って、村人たちに声を返す。

ああ、なんか旅をしているって感じだな。

この世界に来て、初めてじゃないか？

こんな、政治も厄介ごとも関係なく、ただ寄った村を惜しんで別れを告げるのは。

そして、先行して先に出た兵士2人の背中を見つけ、それにワイちゃんが近寄り、ビクセンさんが声をかける。

「我々は、アマンダ様と共に、先に王都へ赴く‼ 馬を頼んだぞ‼」

「「はっ‼」」

「くれぐれも道中無理をするな‼ 何よりも安全を優先しろ‼ では王都でまた会おう‼」

「「了解‼」」

もともと俺たちと合流したら、馬は付き添いの兵士に任せて一緒に来る予定だったらしい。

よかった、馬も乗せていけと言われたら窮屈だったに違いない。

「さ、アマンダ様。この道の先に王都がございます。今の速度であれば、昼には着くかと」

「はい、分かりました。ワイちゃん、この道に沿って飛んで」

ギャース。

返事をするワイちゃん。

たびたび思うけど、喋れる魔物に鳴き声で返事しろってのは、どうなんだろうな？

一種の動物の真似か？ 違うか、この場合はおいっす、うぃー、みたいな適当な返事かな？

ん、なんか興味が湧いた。後で聞いてみよう。

しかし、ワイちゃんの場合、喋れると色々問題があるから演技してもらっているんだけど。

喋れるということは、つまり、竜騎士でなくても交渉が可能ということ。

少し頭が回る人ならば、竜騎士アマンダをすっ飛ばして、ワイちゃん個人と交渉をして利益を得ようと考えるだろう。

というか、仲介役としての竜を操る竜騎士いらねーじゃん。という結論に達するのである。

そんなことをぼーっと考えながら、炬燵でみかんを剥く。

天気は昨日から引き続き、晴れ渡り、真っ青でもないが、雲も見事に真っ白。雨の降りそうな予兆もない。

特に王都に行ってもやることもないしな。

聖剣使いの件が片付いた今、アグウスト王都への訪問は、本当に竜騎士アマンダのお披露目挨拶にしか過ぎない。

「そういえば、新婚旅行してなかったよな」

不意にそんなことを呟いた。

すると、膝の上にいたフィーリアに聞こえたのかこちらを見て口を開く。

「しんこんりょこう？」

「ああ、新婚。つまり新しく結婚した夫婦は絆とか色々深めるために、結婚してすぐは少し旅行とかして、さらに仲良くなるんだ」

「はぁー、それってお兄さんの所での話ですよね？」

その会話が聞こえたのか、横にいたラッツが話に加わってくる。

この場にはビクセンさんもいるから、わざと俺の故郷はぼかして言ってくれている。

「ああ。そうだ。いまさらだけど、せっかく王都に行くんだ。皆と時間を取って王都観光を楽しもうか」

「「はい‼」」

嫁さん全員聞いていたらしく、良い返事が返ってくる。

「仲睦まじいですな。私でよければ、おすすめの観光場所を見繕《つくろ》っておきますが？」

「いいのですか、ビクセンさん？」

「構いません。王都を知っていただくいい機会です。誰も賛成はすれど、否定はしますまい」

「そうですか。でしたら、お願いします。この通り、妻たちは俺がずっと戦いに巻き込んできて、夫らしいことをできていないのですよ」

「お任せください‼　今が男の甲斐性の見せ所ですな‼　1人の男として応援させていただきます‼」

ドンッと胸を叩くビクセンさん。

本当に、熱い人だな……。

そんなことを思っていると後ろになぜか嫁さんたちが集まっていて……。

「お兄さんが夫らしいことをできていない？」

「ユキを基準にすると、世の中すべての旦那は失格ね」

ウンウン。

「そんなことよりじゃ、妾が一番最初に新婚旅行でいいかのう？」

「なにを馬鹿なことを。誰もがそれを狙っていますよ、デリーユ？」

「ですね。ユキさんは優しいから、見飽きても付き合ってくれるでしょうけど、一緒に楽しみたいですし、私だって一番最初がいいです‼」

「リーアに同意ですね。誰が一番最初かは今日家に戻って、トランプか何かで決めましょう」

「そうですね。それが公平ですね。旦那様、待っててください‼　ルルアが一番最初の相手になってみせます‼」

とまあ、嫁さんたちの一番最初争奪戦が始まっていた。

……これ、皆一緒にって言っちゃダメ？

落とし穴47掘：メイド妻の朝

side：キルエ

気持ちいい。

私はそんなことを思っていました。

何だろう、これは何が気持ちいいのだろう？

よく、分からない。

思考がまとまらない。

今、私はどこにいるのでしょうか？

そんな単純なことですら曖昧《あいまい》です。

でも、今いる場所が、とても心地よく、気持ちよく、不快感などまったくないことだけは分かります。

きっと、この場所は、私がいつの日か求めた安住の地なのかもしれません。

ふにっ。

私がそんなことを考えていると、そんな体を触られる感触が伝わってきます。

ふにっ、ふにっ。

体を触られているはずですが、嫌悪感はまったくありません。

むしろ、心地いいです。

「んっ」

その感触で徐々に自分のことを思い出します。

私はキルエ。

そう、キルエ。

ガルツ国のシェーラ王女様に仕える、護衛も兼ねたメイド。

そして今は……。

「……ユキ様の妻でもあります」

そう答えが出て淡い夢から目覚める。

目を開けた瞬間に映るのは、愛しい旦那様。

そして優しく胸に当てられる手。

世界を救うために遣わされたユキ様。

メイドという身分である私にも分け隔てなく接してくださり、恐れ多いことにも側室と宣言してもらっております。

すでに、子供も1人儲けており、その子供にも旦那様は惜しみない愛情を向けてくださいます。

と、旦那様に見惚《みと》れているわけにはいきません。

うかうかしていると、メイドの仕事を取られてしまうのです。

旦那様はとても好ましく、素晴らしいお方ですが、少々人の上に立つべき立場というモノを苦手としており、放っておくと、私をほったらかしに、家の雑務などを始めてしまいます。

なので、私は常に旦那様より早く起きなくては、仕事がなくなってしまうのです。

昨日は、私がユキ様と一夜を過ごす日だったので、思い切り奉仕させていただいて、限界まで体力を使い切らせ、朝は私だけが起きるという作戦に出たのですが、どうやら功を奏したようです。

ということで、すぐにでも着替えて、朝食の準備などを始めるべきですが、その前に、私は布団の中にもぐりこみます。

そして、昨日あれだけ奉仕したのに、今は元気な旦那様を確認します。

私たち妻の間では、朝の奉仕は当然となっています。

旦那様は普段から無理ばかりして、色欲もそれほどありません。

ですので、こういったところで、ちゃんと私たちがフォローするのです。

無論、嫌々ではありません。

歓んで奉仕させていただいております。

さ、早くしないと旦那様が起きてしまいます。

今日は……気分的にどっちもですね。

「さ、手早く準備をしてしまいましょう」

私は旦那様への朝の奉仕を終えて、着替え、すでに調理室、厨房にいます。

朝が忙しいのはどこも同じで、この最新の設備を持った旅館ですら変わりません。

昨日のうちに、タイマーセットしておいた炊飯器はすでに起動して、ご飯を炊いています。

出来上がりに合わせるように、おかずを作っていかなくてはいけません。

ご飯は炊きたてが美味しい、というのは、すでにウィードでは常識となっています。

その一番美味しい状態で提供できなくて何がメイドか。

と、私の中のメイド魂が燃え上がります。

いくら旦那様が優しいとはいえ、それに甘えるような、なんちゃってバカメイドとは違うのです。

作るおかずですが、私たちは結構大家族なので、冷蔵庫の中身を見てこれを作ろうなどという思い付きだと材料が足りなくなる場合があります。

なので、基本的に、一週間の献立表に合わせて作ります。

夕食などは、材料の買い出しも可能なので、変更は多々あるのですが、朝は基本的に献立表に則って作ります。

本日はご飯を炊いていますので、お味噌汁、卵焼き、焼き鮭の切り身となっています。

一般的な、日本の朝ごはんですね。

一応、ウィードというか、この大陸はパンが主食なので、パンが朝食の時もあります。

旦那様も日本にいたときは、パンを軽く焼いて食べてご出勤という日もあったそうです。

確かに、日本やウィードのように、すでに焼成したパンを、すぐに仕上げて食せるように保存しておける状態で売っているのであれば、それの方が簡単で効率も良いでしょう。

しかし、私というメイドがいる今、そのような手抜き朝食をとらせるわけにはまいりません‼

万が一、そのような不摂生な食事で旦那様が倒れてしまわれれば、私は一生を悔やんで生きるでしょう。

まあ、万が一なのですが、実際、旦那様は自分のことだけがやる気がなく、逆に周りのためならば労を惜しみません。食事などは特にですね。

毎日、旦那様が調理をしては奥様たちに料理を振る舞うのです。

そういう意味でも、私が少しでもお手伝いをし、旦那様の負担を少しでも減らすのです。

そんなことを考えつつ、材料を取り出し終わりました。さて、本格的に調理を始めましょう。

「おはようございます。キルエ先輩」

後ろから声がかかります。

振り返ると、そこにはサマンサ様のお付きのメイド、サーサリが立っていました。

「おはようございます。サーサリ。お手伝い願えますか？」

「はい。大丈夫です。お嬢様の髪は整え終わりました」

彼女はこの旅館に住んでいる者たちの中で、特殊な立場と言えるでしょう。

唯一、旦那様の寵愛を賜《たまわ》っていないのですから。

いえ、好き嫌いというより、彼女自身、旦那様が好みのタイプではないというのです。

普通であれば、それを口にすれば処刑されてもおかしくないのですが、その言葉に侮蔑も悪意も存在していないので、皆は納得しております。

私自身は、主に奉仕すべきだと思うのですが、旦那様が特に何も言わず、彼女自身、指定保護、および忠誠心はしっかり感じますので、特に何か言うことはありません。

無論、仕事も私と同様にできる良いメイドです。

ある意味、度胸があると言っていいでしょう。

で、このように毎日、私や旦那様の料理の手伝いをするので正直ありがたいです。

家事も子守りも人手が増えて楽になりました。

ですが、不思議に思うことが1つだけあります。

それは……。

「サマンサ様の御髪をもう整えられたのですか？」

「はい。慣れですよ。慣れ」

私と、サーサリは料理をしながら、そんな話をします。

基本的に私とサーサリはほぼ同じ時間に起きて、メイドとしての行動を開始しますが、サーサリが遅れてきたことで分かるように、サーサリは今もサマンサ様のお付きとしての役割を果たしています。

いえ、私もシェーラ様のお世話は致しておりますが、最近は旦那様に感化されてか、身の回りのことは自分でてきぱきとこなしてしまうようになりました。

きっと、アスリン様やフィーリア様の姉としての自覚が出てきているのでしょう。

あのお2人とはシェーラ様は時間が許す限り一緒にいるのです。

と、そこはいいのです。

問題は、サマンサ様のあの御髪、満遍なく縦ロールをしており、旦那様曰く「全方位ドリル」と言っておられました。

ドリルの意味が分かる程度に日本の知識はあるので、最初は噴き出してしまいました。

しかし、あの縦ロールを毎朝手早く整えるのです。サーサリというメイドは。

「確か、魔術の応用と言っていましたね？」

「はい。寝ぼけているお嬢様の御髪を濡らして、その後、暖かい風で髪を縦ロールの状態で乾かすのです」

「……ドライヤーですね」

「ええ、そうですね。でも、温風を手軽に出せるってありがたいですよね。普通にサマンサ様の御髪を整えようとすると、髪香油で髪が傷みますし。あの綺麗な髪が傷むのは、私は嫌ですので」

そう、こっちの大陸も、あのような奇抜な髪形を保つためには、髪香油をもって固めるしかない。

しかし、ウィードのようにお風呂などや、髪を専門にケアするシャンプーなどという文化はないので、髪香油を付けたまま寝て、埃などが付きやすいベタベタのままになったりして、非常に髪が傷みます。

あの魔術が衰退している新大陸で、髪を整えるためだけに魔術を使う。

それは、サーサリにとってサマンサ様がどれだけ大事かを物語っているようです。

「よき、主なのですね」

「はい。今の私があるのは、サマンサ様のおかげなのです。ですので、サマンサ様を幸せにしてくれるユキ様の愛人になろうとは思いません。私の分もサマンサ様を愛してほしいのです。あ、以前言った通り、ユキ様はいい男ですが、私のタイプではないので、無理しているとかそんなのはありませんよ？」

「分かっていますよ。その瞳を見て信じないわけありません」

彼女は言葉こそ砕けているが、その中身は、主であるサマンサ様の幸せが絶対最優先と物語っていた。

「まあ、サマンサ様とユキ様がマンネリにでもなったら、この身を捧《ささ》げることに躊躇《ためら》いはありませんが、そういう心配もなさそうですからね。奥様方の結束はとても強固で、仲が良いですし」

「ですね」

旦那様との夜のことは妻全員で話をしていて、どうやって旦那様を搾りと……いえ、悦ばせるか、すでにサマンサ様も交えて日々会議です。研鑽《けんさん》を忘れては、旦那様の妻失格でしょう。

「サマンサ様はお優しいですから、私の幸せも願ってくれています。ということで宣言通り、現在、ウィードでは余裕があるので、男探しですね」

「いい人は見つかりましたか？」

「なはは、それは難しいですね。正直、ダメな男がいいとは言いつつ、ユキ様が輝きすぎて……」

「ああ、それは分かります。旦那様を基準にすると、普通にいい男でも、雑草に見えますから」

「……それは色々フィルターかかっていると思いますけど、まあ概《おおむ》ね同意ですね」

不思議ですね？

旦那様を基準にすれば、他のいい男など、ただの雑草にしか見えませんが？

神の使いの立場をおごらず、学があるだけでなく使う知略を持ち、政に通じ、戦場に立てば神算鬼謀で敵を翻弄《ほんろう》し、古今無双《むそう》の力で真っ向からも打ち負けぬ強さ。

しかして、学ぶことを忘れぬ勤勉さ。故郷の研鑽と願いの形である知識を惜しみなく使う度量の広さ。

そして、人々を愛し、家族を愛する。

まさに、完璧《かんぺき》‼

「うおっ、なんか悪寒が走ったぞ⁉　無茶ぶりに無茶ぶりを重ねられて崇拝された気がする⁉」

「何言っているのよ？　ほら、もうキルエとサーサリが準備しているわよ？」

「おっと、そうだった。ごめん遅くなった」

「お手伝いにきましたー‼」

「きたのです‼」

「キルエ、サーサリさんお手伝いにきました」

と、噂をすれば、愛しい旦那様と、シェーラ様たちが来ていました。

いつものように、朝食を作るのを手伝いに来たのでしょうが……。

「おっと、残念でした。申し訳ありません。朝食は私とキルエ先輩で作ってしまいました」

「「ええー」」

アスリン様とフィーリア様が不満の声をあげます。

いつ見てもお2人は可愛らしいですね。

シェーラ様とラビリス様も2人を見て微笑《ほほえ》んでおられます。

「ですが、これから朝食を宴会場へ運ばなくてはいけません。大量にあるので、よければお手伝い願えますか？　アスリン様、フィーリア様？」

「「てつだいます‼」」

「はい、ありがとうございます。ではこちらへ……」

サーサリも最初は旦那様やシェーラ様たちが一緒に朝食を作っているのに驚いていましたが、最近ではすっかり慣れたようです。

今のようにアスリン様やフィーリア様と仲睦まじくして、朝食を一緒に作ったりもします。

「あちゃー、ごめんな。朝食全部任せちゃったな」

「珍しいわよね。私たちがユキを起こしにいったんだから」

「いえいえ。旦那様もお疲れが溜まっていたのです。というか、よければせめて朝食ぐらいは私たちにお任せください」

疲れさせたのは私です、とは言えない。

結局3回もしたのですから。

だって、仕方ないんです。旦那様の表情が可愛いのですから‼

「そうですよ。ユキ様は私たちに任せて、どっしりと構えていてください」

サーサリも話に乗ってそう言うが、旦那様はやはり真面目ですので……。

「忙しければ、疲れているなら任せるのはいいけどさ、これも日課だしな。2人には悪いけど、できる限り手伝わせてもらうよ。2人と仲良く仕事できるのはここぐらいだからな」

「……そう、言われては、否はありません」

「はぁ、ユキ様。あまりそういうことを言うと、食われますよ？　朝っぱらからしたいのですか？」

サーサリもそう言うが、言われて悪い気はしていないのか、笑顔でそう答えます。

「お兄ちゃんするの？」

「兄様するのですか？」

「あら、するの？」

「その、恥ずかしいですけど。ユキさんが望むのであれば……」

そして、反応するシェーラ様たち。

「いや、しないから。どう考えても遅いと思った他の嫁さんたちが来て大事になるから」

「あら、今日1日休みになるだけだと思うわよ？」

「俺が大事になるんだよ。ほら、朝食を運ぶぞ。もう宴会場でお茶を飲んで待ってる嫁さんたちもいるだろうし」

そう言って、旦那様は一番重い、味噌汁の鍋を持っていきます。

それに続いて、シェーラ様たちがおかずを運んでいきます。

私たちは、炊き立てのご飯が詰まっている炊飯器を運んでいきます。

「あ、今日は鮭があるのね。やったー」

「こら。ミリー、喜んでないで手伝いなさい」

「分かってるわよ、エリス。はい、アスリンそっちのお盆持つわ」

「ありがとう。ミリーお姉ちゃん」

宴会場に着くと、のんびりお茶を飲んでいた面々がすぐに配膳《はいぜん》の手伝いをしてくれます。

その間に、宴会場に来ていない他の奥様たちが集まってきます。

「うあー。眠いのじゃ」

「相変わらずですね。もう少し早く寝てはどうですか、デリーユ」

「そうは言ってもな。ジェシカもあのシリーズのＤＶＤを観れば……」

「その話は後で聞きますから、私の胸に顔を埋めないでください」

「いい枕なのじゃ。ルルアに続いて2番目もなかなかいい……ぐー」

「胸を枕に寝ないでください‼　ユキと子供たち専用なので‼」

そうやって引き剥がそうとしますが、そこは魔王デリーユ様。

力に物を言わせ、ジェシカ様の胸から離れようとはしません。

「今日も、朝から騒がしいわね。ね、サクラ、シャエル」

「う？」

「おはようございます。ほら、パパとママたちですよ。スミレちゃん、エリアちゃん」

「あうー」

「もうすぐ準備はできそうですね。じゃ、シャンス、ユーユはご飯にしましょうか。ほら、デリーユ、遊んでないでおっぱいあげてください」

「あう!!」

「あうーー!!」

そう言って、最後に入ってくるのは、私たちの宝ともいうべき子供たちと母親たち。

私の実子であるシャエルもセラリア様に抱えられています。

朝は、私は朝食の準備などがあるので、基本的に、他の奥様たちに子供たちのお世話を任せています。

仕事が終わっていれば、すぐにシャエルを抱きかかえて、お乳をあげるのですが、そうもいきません。

今は、ちゃんと配膳を済ませなければ。

「おお、可愛いユーユ。ママのおっぱいをたくさん飲むといいぞ」

「まったく。こういう時はしっかり母親ですね」

「まあまあ、私もジェシカのおっぱい好きだし」

「リーアも、ですか」

ユーユ様が必死にデリーユ様のお乳を吸っている横で、ジェシカ様は諦《あきら》めたように、なすがままにされています。

まあ、あれだけ大きいと、さぞかし触りがいはあると思います。

「大丈夫よ。シャエルは私のおっぱいを飲ませておくから。準備をお願いするわ」

そうやって子供たちを見つめていたのがセラリア様には分かったのか、私に声をかけてくださり、サクラ様と一緒にシャエルもセラリア様のお乳を吸っていました。

シャエルは今日も元気がよさそうで何よりです。

「しかし、セラリア。両方のおっぱい飲ませるとか器用だな。いや他の皆もやっているけど」

「慣れよ、慣れ。あと、案外これってありがたいのよ」

「ありがたいって何が？」

「おっぱいが張るのよ。ミルクを作っているから。片方だけ吸わせていると、片方がつらくてね。あなたは吸ってくれないし」

「そりゃ、吸わんよ」

「そういうことで、子供2人から両方のおっぱいを吸われていると楽なのよ」

「なるほどな」

私もですが、セラリア様は特に乳房が張るようなので、よく同時に2人にお乳をあげています。

そんな様子を見つつ、朝食の準備が終わります。

皆、誰が何かを言うまでもなく、自分の席について、旦那様の言葉を待ちます。

「よし、準備もできたし、食べようか。いただきます」

「「「いただきます」」」

さあ、朝ごはんを食べて、今日も1日メイドのお仕事を頑張りましょう‼

落とし穴48掘：メイド妻の別のお仕事

side：キルエ

「ごちそうさまでした」

そう言って、リエル様が食べ終わった食器を持って席を立つ。

我がウィード家のしきたりとして、食べ終わったら食器は自ら調理室に持っていき、流しに置くというのがある。

もともとはユキ様や食事当番だった人がまとめて洗っていたのですが、そんなことをされてはメイドの存在意義に関わりますので、何とかして私とサーサリの仕事として譲ってもらいました。

一度に20人分の食器洗い、大変そうに見えますが、王宮仕えだったころに比べれば何ともありません。

ついでに、ユキ様がものは試しと言って、食器を洗う魔術を開発したりして、それを教えてもらい、ものの数分で終わってしまいます。

私はすでに食事を終えて、セラリア様からサクラ様、シャエルを預かりお乳をあげています。

いつ見ても、子供は可愛いものです。

一生懸命に、生きるため母親のお乳を吸う。その我が子たちの姿にいつも微笑んでしまいます。

そんなことをしてると、リエル様が食器を出して戻ってきました。

「じゃ、僕は先に向こうに行ってるね」

「うん。私もすぐ追いつくから」

「トーリはゆっくり食べなよ」

「……じゃ、私は子供たちと遊んでから行く」

「カヤはさっさと来なよ」

トーリ様は熱いお味噌汁が苦手で、汁物があると、少し冷えるまで待つので、食べ終わるのが少々遅いです。リエル様の言う通り、トーリ様はゆっくり食べていいと思います。お仕事はしっかりされていますし、時間が迫っているわけでもありませんから。

そして、カヤ様はお腹いっぱいになったスミレ様を抱えてのんびりしています。

「あう？　あう‼」

スミレ様は、カヤ様が尻尾《しっぽ》をスミレ様の前で揺らしているので、興味津々です。

カヤ様も仕事はしっかりされているので、お約束のやり取りということですね。

「じゃ、リエルママは行ってくるね」

「う？」

「ほら、シャンス。いってらっしゃーいってしましょうね」

頭を撫でられたシャンス様は不思議そうな顔をしていましたが、ラッツ様が小さい手を持ってリエル様にいってらっしゃいの動作をさせます。可愛いですね。

と、なぜ玄関口でいってらっしゃいをしないのかというと、ドッペルで新大陸に移動するから、玄関から出るのではなく、自室で横になって、ドッペルに意識を移すのです。

ですので、この宴会場からいってきますというのが、私たちの通例となっています。

無論、ウィードでお仕事がある場合は玄関でいってきますを言います。

「あ、リエル。一応、タイキ君やポープリたちもいるから問題はそうそうないと思うけど、何かあれば連絡くれよ」

「うん。分かってるよ」

旦那様はそうリエル様に声をかけながら、エリア様のおむつを素早く取り替えています。

……正直、神の使いである旦那様がするようなことではないのですが、下手すると私たちよりも手際よく、お尻を拭いておむつを取り替えるので、何とも言えません。

どこでそんな技能を身に付けたのかと、私を含め奥様たちが詰め寄ったことがありました。

まさか、故郷に妻と子供を残しているのでは？　そんな不安がよぎったのです。

でも、その答えは……。

『ん？　そりゃ簡単だ、親戚や知り合いに赤ちゃんがいてな。その世話を任されることがあるんだよ。いやー、子供に変になつかれてな。普通なら、親がするもんだけど、赤ちゃんが俺の上から動こうとしないし、動かそうとすると泣くわで、仕方なくおむつを替える方法を教えてもらって、今に至るというわけだな』

さすが、旦那様。昔からその魅力はとどまることを知らなかったのですね。

普通なら、その説明に疑問を抱くでしょうが、旦那様に限ってそんな嘘をつくとも思えませんし、子供たちもぐずらずに、おむつ替えを受け入れています。

どう見ても、私たちにとっては頼れる旦那様なのです。

「よし、エリア。お尻綺麗になってスッキリしただろう？」

「あう‼」

「そっか、そりゃよかった。と、おむつを捨てて手を洗わないとな。エリスはまだ食事中だし、ミリー、エリアを頼めるか？」

「はい、いいですよ。エリアちゃん、ミリーママが抱っこしてあげますね」

ひょいっと、持ち上げられて、ミリー様の大きな胸にエリア様は手を伸ばします。

「あう、あう‼」

そして、ミリー様の胸をぺちぺちと叩きます。

これは、おっぱいが飲みたいという合図です。

それに応えて、ミリー様は胸を出し、エリア様はミリー様のお乳に吸い付きます。

「ちゃんと飲んで大きくなってね」

さて、ここで子供を産んでいないミリー様のお乳は出ないはずなのですが、実は出ています。

これが、ミリー様が子守り役として初期の新大陸探索メンバーから外された一番の理由です。

無論、彼女自身、街で過ごすなかで子供たちのお世話をよくしていたことも、残された理由の1つではあります。

さて、お乳が出る理由はミリー様が妊娠しているわけでもないのです。

いえ、お乳が出た時、ミリー様は飛び上がって喜びました。

それは当然でしょう、旦那様との子供を授かったと思ったのですから。

でも、実際はお乳が出ただけで、妊娠はしていませんでした。

確かに、妊娠していないのにお乳が出る人というのはたまに聞きます。

ミリー様もそれに該当したようです。

当初は落ち込んではいましたが、子供ができない体というわけでもないので、今ではプレイの幅が広がったと喜んでいますし、こうやって子供たちにお乳をあげられるから万々歳と言った感じです。

「ミリーがおっぱい出て正直助かるわ」

そう言ったのは、ご飯を食べているエリス様。

それに同意するように、同じくご飯を食べているセラリア様も口を開きます。

「そうね。ミリーは妊娠していなくて残念だったかもしれないけど、おっぱいが出て本当に助かってるわ」

「じゃな。おかげで、子供たちにひもじい思いをさせなくて済む」

デリーユ様もユーユ様を抱えてそう言う。

2人が言うように、お乳が出るのはとてもありがたいのです。

子供の世話はそれだけ大変ということですね。

「私も出てくるおっぱいが無駄にならなくてよかったわ。あ、でもちゃんとユキさんの子供は産むからね？」

「「それは当然」」

当然ですね。

旦那様の血筋はたくさん残して問題はありません。

生まれた子供が不遇《ふぐう》に扱われるのなら、躊躇わなければいけませんが、旦那様や奥様方に限ってそんなことはありません。

きっと、生まれた子供たちは親の愛を一身に受けて、すくすくと育っていくでしょう。

そんなことを話していると、不意に胸に吸い付く感触がなくなっていることに気が付き、子供たちに視線を向けると、お乳を口に含みながら寝ていました。

「あらら、エリアちゃんもご飯を食べたり、おねむしたり忙しいわね」

ミリー様がそう声をあげて、そちらに目線をやると、エリア様も同じようにお乳を口に含んだまま眠っているようです。

「ユーユも、うとうとしてきたようじゃな」

「……スミレも眠そう」

「シャンスは……もう寝てますね」

どうやら、子供たちは寝てしまったようです。

その場に残っていたみんなはおしゃべりをやめて、私たちは子供たちが起きないように、そっとベビー室に移動して、寝かしつけます。

「かわいいね」

「かわいいのです」

「そうね。とっても可愛らしいわ」

「はい。寝顔を何度見ても飽きません」

シェーラ様たちは寝ている子供たちを見て微笑んでいます。

「じゃ、私たちが見ていますから、ユキさんたちは安心して新大陸に行ってきてください」

「ああ、子供たちを頼んだよ。ミリー、キルエ、デリーユ、サーサリ。いってきます」

「「いってきます」」

そう言って、旦那様たちもお勤めに行ってしまいます。

残るのは、がらんとした旅館。

さて、この間に家事を済ませてしまいましょう。

「じゃ、私とデリーユは子供たちを見ているから、キルエとサーサリは家事をお願いね」

「頼んだぞ」

「はい。お任せください」

「任せてくださいよ」

子供たちをミリー様とデリーユ様にお任せし、私とサーサリはまず食器洗いを開始します。

旦那様が開発した食器洗浄魔法で手早く洗ってしまいます。

ちなみに、サーサリも加護やレベルアップの上乗せで魔術がかなり達者になっているので、この程度の魔術は簡単に使えます。

「毎度思いますけど、凄いですよねー。こっちの魔術って」

「いえ、旦那様が開発したオリジナルですよ。そういえば教えていませんでしたね」

そう言うと、戸棚に食器を戻しているサーサリが固まります。

「へ？」

「どうかしましたか？」

「いえ、今、ユキ様が新しい魔術を開発したとかなんとか……」

「ええ。食器を洗う魔術なんていう無駄な魔術は、旦那様以外は思いつきませんでした」

「……納得したというか、それだけで開発してしまえるユキ様が凄いというか……」

「旦那様は凄いのですよ？　それは分かっていたでしょう？」

「……あ、いえ。想像を軽く飛び越えたというか、この場所の水道とか、電気だけでも魔術を超えているのに」

「旦那様が向上心に溢《あふ》れているということでしょう。さ、次の仕事に行きましょう。今日は天気がいいですし、洗濯物を干すのにはちょうどいいですね」

「あ、先輩待ってください‼　って、洗濯機からの魔術で自動干しってまさか⁉」

　察しがついたようですね。

　洗濯機から洗濯物を魔術で取り出し、しっかり伸ばして種類別にきちんと干す魔術。

　そんな奇妙な魔術は……。

「はい。旦那様が開発されました。1人では大変だろうと、私のために作っていただいた魔術です。今ではサーサリも恩恵を受けているのですから、ちゃんと感謝しなくてはいけませんよ」

「……ユキ様って本当に身内に甘いですね」

「ええ。それが旦那様の美徳であり、長所であり、短所です。旦那様の優しさにかまけて、さぼろうなどと思えば、私が潰しますよ？」

「いえっ、サマンサお嬢様の顔に泥を塗るような真似は決していたしませんとも‼」

私の軽い殺気に当てられてすぐに敬礼するあたり、メイドというより、護衛の気質が強いのでしょうね。

そんなやり取りをしつつ、洗濯室に置いてある皆の洗い物籠を洗濯機に入れていきます。

無論、下着などデリケートなものは手洗いになります。

「先輩、不思議に思っていたんですけど、なんで各部屋の前とかに置かずに、ここまで持ってきているんでしょうか？」

「それは、家事を任せることと、だらけることは違うということです」

「どういうことでしょうか？」

「そうですね。サーサリも公爵仕えでしたから、服などの洗い物は部屋の前などというより、サマンサ様が脱いだ物をそのまま回収して、洗いに回すというのが普通だったはずです」

「はい。そうです」

「それは、公爵家が洗濯物に手を煩《わずら》わせることがないため、それにかける時間があれば、執務や己を高めるために使うべきだという意味があるはずです」

「そうですね」

「しかし、それはメイドがいて、人手に余裕があり、なおかつ、その意味を分かっているかが大事なのです。どこぞの阿呆貴族にはメイドがすべてして当然、自分はできなくてもいいなどとほざく馬鹿がいるでしょう？」

「ああ……、そういうことですか」

「我が主である旦那様、シェーラ様、そして、サーサリの主であるサマンサ様は必要とあれば、己で必要最低限のことはできるでしょう」

「はい、ひと通りはできると思います」

「旦那様に聞いたわけではありませんが、洗濯籠もその一環だと思っています。自分で洗う必要のあるものを選別し、ここまで運ぶ。己で必要最低限やるべきことという自意識を高め、慢《まん》心《しん》をなくし、向上心を忘れないために。そして、人手不足の私たちが各部屋を回る手間は減り、他の家事に時間を充てられるのです」

「はぁー、よく考えられていますね」

「旦那様は、まず自分の身の回りのことぐらい自分でできないと、人に何かを言うことなどできない、とよく仰っています」

「確かに、メイドがいなくなったからって、服をちゃんと着られなくなったりしたら人前に出ても威厳なんてありませんし、言い訳にはなりませんよね」

「そうです。これも己を高めるための必要最低限のことなのです。ですが、その分楽になっている私たちは、メイドとして本分を忘れずちゃんと仕事をこなしていくのが大事です」

「分かりました‼」

そんな真面目な話をしつつも、やることは洗濯物を洗濯機に入れ、スイッチを押して、待っている間にわずかばかりの手洗いの洗濯を終わらせるという簡単な仕事。

「……先輩。でも、あまりにも仕事が少なすぎません？　旅館の掃除、ゴミを燃やすことすら不要ですし……」

そう、この旅館はもともと、私のようなメイドがいないことを想定して、家事などの手間を必要最低限で行えるように、屋内の汚れは勝手に掃除され、ゴミに至ってはゴミ箱に入れるだけで消えるという始末。

洗濯物が乾くまでは完全に手持ち無沙汰になるのです。

まあ、旦那様がそんな無駄な状態を見過ごすわけがありませんが。

「いいでしょう。サーサリも旅館の仕事に慣れてきたようですし、不手際もありません。元からよいメイドだというのがここ数日でよく分かりました」

「ありがとうございます」

「ですので、旦那様から与えられた、私たちにしかできない仕事をお教えしましょう」

「え？　家事以外ですか？　なら、護衛ですか？」

「いいえ、違います。私たちがするべきは、ウィードの調査です」

「ウィードの調査？　どこかに調べに入るのですか？」

「違います。ウィードのどこかに悪事を働いている者がいないか、不運にも私たちの施政が届いていない者がいないか、それを確認するための調査です」

「ええ!? どうやってそんな大雑把なことを調べられるんですか?」

「あら、サーサリ。あなたもよくやっていたはずですよ? 主に関わる噂話はよく耳を澄ませていたでしょう?」

「それは、そうですけど……どこに聞き耳を立てるんですか? ウィードはお屋敷じゃなくて街ですよ?」

「はい。ですからウィードのあちこちを散歩しましょう。それだけで色々な噂が集まりますし、私の友人もいますから」

「はい?」

サーサリはいまいち分かっていないようですね。

旦那様曰く「家政婦は見た作戦」。

ということで、洗濯物を手早く干して、デリーユ様とミリー様の昼食を用意して、さっそく出る準備をします。

「え、でも、いいんですか? 子供たちの世話を任せてしまって?」

「いいのですよ。そのために今日は2人残っておられるのです」

「そうじゃな。これからのキルエの仕事の方が妾たちにとっては大事じゃからな。心配せず行ってこい」

「ですね。よろしくお願いしますね。何かあれば、すぐに連絡しますから」

そんな言葉を交わして、私とサーサリはウィードの街、まずは居住区の公園に足を運びます。

「あのー、公園に来て何をするんですか？」

「簡単ですよ。ここに来ている人たちに声をかけていくのです。あ、どうも」

サーサリに軽く説明をしつつ、目の前を横切ろうとするおじいさまに挨拶をします。

「ん？　おお、キルエちゃんか。買い物途中かい？」

「ええ、そのようなものです」

「大変だねー」

「いえ、これも務めですし、旦那様を支えるのが私の幸せですから」

「ははっ、相変わらずユキちゃんとは仲が良くて何よりだ。で、後ろの子は？」

「はい。このたび、新しくお手伝いのメイドが決まりまして、サーサリといいます。どうかよろしくお願いいたします」

「あ、はい。サーサリです。よろしくお願いします」

「なるほどな。キルエちゃんと同じメイドさんか。私は日がな一日のんびり過ごしている、ただの爺さんだよ。ま、ジャーン爺とでも呼んでくれ」

「はい」

軽く、サーサリの紹介と挨拶も済んだところで、本題を切り出します。

「で、おじいさま。最近はどうですか？」

「んー。特にこれと言って面白い話はないなぁ。いや、確か、夜な夜な公園で妙な話し声が聞こえるとかいう噂話があるな。害はないから、皆、あまり興味ないようだけど。あとは、ゴミ出しの日を間違えて、生ゴミの匂いで周りの……」

そんな世間話みたいなことをした後、分かれて同じように公園でのんびりしている子供や、大人、子供連れなどに声をかけていく。

「……なるほど、こうやって噂を集めるんですね」

「その通りです。基本的には眉唾、噂の域を出ませんが、こうやって聞き込みをしていけば、どこに不満があるとか、何か不審なことが起こっているとかが分かるのです。その区の代表などに話を聞いても、遮断されている話もたくさんあります。ですから、私たちがその遮断された話を拾い、担当の管理者たちに話して、問題の解決へと促《うなが》すのです」

「理屈は分かりましたが、なぜ私たちでやるんですか？　他に人を雇った方がいいのでは？」

「無論、それもしていますよ。その噂話の情報統括が私たちのお仕事ですね」

「はい？　私たちのお仕事って……」

「噂を集める仕事ですね。秘密部署というわけでもありませんが、庁舎で相談課の課長を務めさせていただいております。ウィードは人が日々増えていて、エリス様やラッツ様、ミリー様たちだけでは、細かいところに手が届かないのです。特に相談課というのは、ウィードの国民への丁寧な対応が求められます。そのようなわけで、私が旦那様から任された次第です」

「……つまり、私は」

「今日の噂話はちゃんと覚えて、まとめて報告書を出すように。あ、相談課にはちゃんと席を用意していますので、そっちで仕事をしてくださいね。家ではメイドですので」

「ゆるい仕事かと思ってたら、かなりきつそうですよ⁉」

「今日は、あと冒険者区での噂集めですね。あそこは荒くれが多いので、場合によっては即時逮捕も認められています。さ、2時までに集め終わらないと、のんびり昼食も取れませんよ」

「……ひーん、サマンサ様。先輩は鬼でしたー‼」

本日の成果は、お爺さまと話した、公園の夜の話し声、ゴミの異臭問題。

それと、冒険者区での奴隷の不当な扱いの目撃。……わずかですが、よそのダンジョンからやってきた冒険者が何か、こっちに比べてよそのダンジョンの魔物が騒がしいというぐらいですね。

ゴミの異臭問題はエリス様へ、夜の噂話と奴隷の不当な扱いは警察に回して、ダンジョンの件はミリー様を通して、ギルドマスター、グランドマスターと話をして、旦那様にも報告した方がいいでしょう。

さ、後は洗濯物を取り込んで、旦那様たちの帰りを待ち、晩御飯の準備を始めましょう。

メイドとしての1日はまだまだ終わらないのです。

第288掘：注意すべきこと

side：ユキ

今日ものんびり空の旅がお仕事で楽です。

昨日は昨日で、宿屋のおっちゃんのから揚げのルーツも知れたし、いい意味でイベントが多かった。

あー、今日、週1の噂集めに行っているキルエの方から、変な噂がないことを祈ろう。

ほとんどは俺たちが出るまでもないのだが、たまーに、デリーユが特務捜査官として強制調査をすることがあったりする。

大体、裏で悪いことしている奴らのところにデリーユが乗り込んで全員ボコボコにして、さらにトーリたち警察のトップと、庁舎からの情報集めで、嫁さんたちは大忙しになる。

無論、俺も雑務を引き受けるので、その手のイベントは家族の団欒《だんらん》時間が減るので非常にお断りしたい。

しかし、そういうわけにはいかないので、ウィードの住人のためにお仕事をする。

悪さをしているバカ共は、特に家族団欒を邪魔された嫁さんたちが殺気を浴びせ続けるので、自白にそう時間はかからない。

「そういえば、ビクセンさん。ワイバーンはどこに降りたらいいのですか？　さすがに王都のど真ん中の王城まで行くのはまずいと思いますが……」

のんびりみかんを剥きながら、ぼーっとしていたが、着陸位置を聞いていなかったので聞いてみる。

下手するとこれだけで大きなトラブルになりかねないからな。

ワイバーンだ、退治しろー。などと、戦闘になったらシャレにならん。

それ以前に王都の住人がパニックになると思うけどな。

「ああ、そういえば伝えておりませんでしたな。すいません。どうもまだ空の旅に興奮しているようだ」

「いえ。初めての経験ですから仕方ないですよ。で、どちらに降りたらよいのですか？」

本当に、純真なおっさんだな。

俺が穢《けが》れているようでつらい。

「一応、王都の住人にはお触れを出しておりますが、識字率の問題もありますし、王城まで行けばパニックになると上は判断しておりますので、王都の城壁外周にある兵舎の方へ向かっていただきたい。そこは軍事演習場所にも使われますので、広さも十分、いるのも兵士ですから、連絡は伝わっていて問題はないでしょう」

そこら辺の判断は妥当だな。

……さて、横でのんびりフィーリアを膝に乗せている竜騎士さんはちゃんと聞いているかな？

「アマンダさん。聞いていましたか？」

「ふぁい？」

訂正、のんびりフィーリアを膝に乗せて、せっせとみかんを剥いて口に放り込んでいる竜騎士様だった。

「はぁ、アマンダ。ユキさんが、わざわざあなたが聞くべき着陸地点を聞いてくれていたのよ。その話聞いていたかしら？　それとも王城まで飛んでいって、王都の住人たちをパニックに突き落としたいのかしら？」

「ご、ごめんなさいっ⁉　えーと、城門まで飛ぶんですよね？　ね、エオイド？」

「……アマンダ。さすがにそれはダメだと思うよ。兵舎の方へ行くんだよ。近くになったらビクセンさんが教えてくれるって」

「あ、うん。聞いていましたよ‼　本当ですよ？」

こりゃ、エオイドがしっかりしている分の弊害《へいがい》か？

朝はいつもエオイドに起こしてもらっていたらしいし。

とりあえず、アマンダはエリスに耳を引っ張られて寒い外で正座させられてお説教されているし、こっちはエオイドと話すか。

「なあ、エオイド君や」

「すいません‼　アマンダにはちゃんと言い聞かせておきますから‼」

「そこはいいさ、今、エリスから説教されているし。エオイド君、アマンダさんの行動1つで戦争が勃発しかねないから、夫であるエオイド君が今みたいにフォローに回るといい。どうせ人間1人で処理できることには限界があるからな。まあ、できるに越したことはないが」

「そうですな。アマンダ様1人なら心配ですが、夫であるエオイド殿がそうやって常に支えてあげればよいのです。ユキ殿の言うように、自分でできることに越したことはありませんが、竜騎士という立場上、そういう細かいことは、他の誰かが引き受けるべきなのです。無論、ユキ殿に聞かれるまで忘れていた私の落ち度もあります」

「とまあ、意識を今みたいに持っているなら大丈夫だろう。何か聞きたいことがあれば聞くといいさ」

「はい。ありがとうございます。で、さっそくですが、ビクセンさんにお聞きしたいことがあるのですが……」

「なんでしょうか？　答えられることでしたら構いませんぞ」

「あの、今回の王都訪問ですが、王様と謁見するようなことになるのでしょうか？　その、あまり礼儀を……」

エオイド君はそう言って、視線を説教されているアマンダさんに向ける。

ああ、心配だろうな。

あの子、気に入らないことがあると、公爵であろうが噛みつくからな。

それでサマンサとはいい友達ではあったみたいだが、それがいつも通じるとは限らない。

「礼儀程度のことでとやかく言う陛下ではありませんよ。まあ、自国の兵士なら顔をしかめるでしょうが、学生であり庶子の出、そして伝説の竜騎士様だ。そのようなことで、機嫌を損ねる器の方が問題だと言えるでしょう」

「そ、そうですか。よかった……」

「エオイド君。ひと安心のところ悪いけどな、帰ったらちゃんと礼儀を勉強することになると思うぞ。一応、学府の顔だからな」

「望むところです。そうでもしないと、俺は胃が潰れそうです」

……大変だな。

「と、お話が盛り上がっているところ申し訳ないのですが、その陛下ですが、今回の謁見ではお会いできません。ちょうど地方の視察に行っているところでして。間に合わないので、姫様が代わりを務められることになります」

「お姫様が？　王妃や王子でなく？」

「はい。王妃様は、その、色々あって陛下の代わりを務めるのは問題がありまして。王子はまだ騎士学校に通っている年齢なので、ちゃんと騎士学校、そして魔術学府を卒業している姫様が一番妥当だという話になりまして……」

ああ、王妃様が出ると、周りが五月蝿《うるさ》いわけだ。政治はいつも大変ですね。

で、お姫様さえいなければ、王子様が出るのだろうが、このお姫様聞くからに厄介そうだな。

「え、お姫様が学府の卒業生ですか？」

そう、エオイドが聞き返した部分が大問題だ。

おそらく、学府の卒業生ということで、ある意味こちらに対していい手札を切ってきたということだ。

先輩後輩の概念はあるみたいだし、下手すると変な条約結ばれそうだな。

クリーナの師匠が宮廷魔術師顧問だったのが、変なところで災いしたな。

王都と直接繋がりができるのはありがたいが、厄介な相手が出てきたと思うべきだな。

しかし、何でこの情報が来てなかったのか気になるな。ポープリに連絡を取ってみるか。

「ええ、そうですよ。確か、シングルナンバーまで上ぼりつめたとか……。おや、ユキ殿どうされましたかな？」

「ちょっと、風に当たってきます」

「そうですか、風邪をひかれぬようほどほどに」

「あ、はい。俺がちゃんと話を聞いていますから。ゆっくりしてきてください」

そんな会話をして、俺は早足で説教をしているエリスの横をすり抜けて、風の音が少ない場所へと移動する。

元シングルナンバーってどういうこと⁉

いや、敵じゃないけど、厄介ごとになりそうな予感ビンビンですよ‼

「もしもし、ポープリ聞こえるか」

俺は景色を眺めるふりをして、皆に背を向けつつ、口でポープリと連絡をとる。

『んー、なんだい？ 今、ケーキ食べるので忙しいんだけど』

『あ、ユキさん。このチーズケーキも美味しいですね』

のほほんとした声が聞こえる。

……完全に餌付けされているな。

やっすい忠誠心と見るべきか、エリスの手腕を褒めるべきか……。

と、そんなことより、お姫様の話を聞かないとな。

「今、話しても大丈夫そうだな」

『うん。大丈夫だよ。ちゃんと扉はロックしたから』

「なら、ちょっと聞きたいことがある。道中案内役にビクセンさんが来てくれたのは昨日話したよな？」

『ああ、聞いたよ。アグウスト国の魔剣使いの片腕って言われるほどの人が近衛にね。まあ、年齢的に最前線じゃなくて後方に移したんだろうけど。っと、ビクセンが仕えていた魔剣使いの情報かい？　でも、彼女はビクセンよりも若くて、まだ国境の警備のはずだけど……』

「ああ、いや。魔剣使いの情報はそこまで欲しくない。どうにでも料理できるから、というか、別にアグウストと戦争するわけでもねーから、変に調べてると要らぬ疑いがかかる」

『そうだね。知りすぎていると内偵だと思われるし、要らない知識は下手に持たない方がいいか。まあ、魔剣使いのことなんて、お国で聞けば自慢話としてあっさり聞けるだろうから。で、魔剣使いの話じゃないとするとなんだい？』

「ビクセンさんが言うには、王様が地方に視察へ出ていて、代わりにお姫様が俺たちと謁見することになっているんだ」

『えっ？　お姫様ってイニスが？』

「イニスっていうのか。元シングルナンバーとか聞いたが、何でこのあたりの情報が来てなかったのか聞きたい」

『うーん。こっちとしては必要ないと思ったんだよ。シングルナンバーとはいえ、在学中、クリーナより低い5位だったしね。まあ、魔術はできる方だけど、ユキ殿たちの足元にも及ばないし、謁見だからね。いきなりアマンダや各国の代表であるユキ殿の傭兵団に手を出すようなことはないと思うんだけど。というか、いちいち卒業生を報告してたら、各国に最低100人はいるからねー。死ぬよ？　こっちとしても卒業生のことはほぼノータッチだし名簿を渡すぐらいしかできないよ』

「ああ、そりゃそうか……」

学府は各国の魔術の才能を持つ者を育てて輩出している。

その有用な利害関係で、学府も資金や物資援助をしてもらえるし、各国も魔剣使いには及ばないものの、相応の戦力をある程度安定して補給できる。

魔術が使える者が少ないとはいえ、各国から集めればそれなりの数がいる。

それを毎年の如く輩出しているのだから、いちいち卒業生の足跡を追うことや、情報を細かく集めていることはない。時間がかかるし、ほぼ無意味だからな。

ポープリたちにとっては、シングルナンバーですら、毎年出る成績上位者に過ぎないのだ。

貴族のお偉いさんの出は当たり前だし、サマンサの親父さんも教え子だって言ってたから、下手すると、亜人の国を除いた5か国のどこかの王様が教え子ですって言っても不思議じゃないな。

『まあ、イニスのことは運よく覚えているよ。お姫様が来るのは珍しいからね。当初は色々大変だったんだよ。護衛の騎士は実力主義の制度に文句は言うわ、決闘相手の生徒を威嚇するわで、そりゃお姫様だから、護衛はそこら辺を心配しないといけないんだろうけど、おかげでこっちが出張って、気に入らないなら学府から出て行って構わないとか、色々揉めたんだよ……』

「……その感じからすると、お姫様は問題児か？」

『いやー全然。どちらかというと、バトル主義。セラリア殿やデリーユ殿のようなタイプだね。だからこそ、護衛は胃が痛かったのだろうさ。昔から兵士と混ざって剣を振っていて、擦り傷、打ち身は当たり前、2年に1回は骨折してたって話だね。まあ、このご時世、いつ大規模な戦争が起こっても不思議じゃないし、国境の小競り合いなんて日常茶飯事だ。アグウストの王様がイニス入学時に一緒に来ていた時に容赦《ようしゃ》はしませんよ？　と言ったら快諾はしたんだよ。まあ、いくら容認、快諾してるとはいえ、一緒にいた護衛の騎士は胃が持たなかっただろうね』

「それは……ご愁傷さまだな。で、セラリアやデリーユに似ているのは分かったけど、政治に関してはどうなんだ？」

『そこも問題ないと思うよ。バトルは好きだけど、指揮官としてもちゃんと優秀だよ。上に立つことをしっかり理解しているから、変なことはしないと思う。万が一、馬鹿なことすれば私の名前を出して、ボコボコにしていいから』

「ボコボコって……」

『真面目にそういうタイプだから、戦場でもないのに絡め手を使ってくることはないってことだよ。問題があるとすればクリーナの師匠の方だよ』

「クリーナの師匠が？」

『うん。一応クリーナと結婚しましたって報告はするんだろう？　あの子は卒業生の中でも随一の才能の持ち主でね、実力自体は私には及ばないけど、変に鋭いところがあるんだ。言葉は選んだ方がいい。取り込むにしても宮廷魔術師顧問だからね。人相手の交渉も達者さ。まあ、すでに爺さんなんだけど』

……変に鋭いか。

ラビリスみたいな鑑定系スキル持ちの可能性を考えないといけないな。

……ひっかけでもしてみるか。

「……ん。同意。師匠は妙に鋭い時がある」

俺とポープリが話をしていると、後ろからクリーナがやってくる。

「もともと私は孤児。1人野垂れ死にそうなところを師匠に拾ってもらった。そして、魔術の才能があるから勉強してみる気はないかと言われて、今に至る」

『なるほどねぇ。あの子が女に興味を持つとは思えなかったからな。クリーナを孫として紹介してきたときは驚いたけど、そういうことか』

「ん。でも、師匠は間違いなく私にとっては家族」

『……そうか。それならいいよ。というか、入学理由が友達作ってこいだったからね。なるほど。あの子、クリーナに勉強ばかり教えて、友達を作ることや世間を教えることを忘れていやがったな。まあ、男手1人だから仕方ないか』

「……恥ずかしい限り。今になれば、友達や世間との繋がりが大事なのは分かる。でも、私にとっては勉強することが師匠への恩返しだと思っていたし、勉強自体が面白い世界だとも思っていたから、それに没頭していた」

『ごめん。クリーナ。そうと分かっていれば無理やり引っ張り出したんだが、友達云々は冗談だと思っていたよ。実際めきめきと実力を伸ばしていったからね……』

「学長が謝ることはない。私も友達なんて不要なものだと思っていた。だけど、毎日学府で過ごすうちに、自分の周りに誰もいないことに気が付いた。そんな時、エオイドと仲良くなろうとして、ユキと結婚できた。大満足」

『なはは。結果はいい男と、たくさんの友達を手に入れたから問題ないか』

「ん。これは運命」

そう言ってクリーナは俺の腕に抱きついてくる。

胸はペタンコだが、別に胸の大きい小さいの趣味もないし、慕ってくれるのは嬉しい。

嬉しいね……。まだ無表情に近いが、会った当初に比べて、しっかり変化が分かるようになってきた。

最初会った時に脱ぎたてパンツ渡されたときは、何考えているか分からなくてパニック起こしそうでした。

危うく、俺が変態の烙印《らくいん》を押されそうになったからな。リーアがしっかり話して誤解を解いて、結婚したから……いいのか？

と、そこはどうでもいい。クリーナが来たなら師匠の関連を相談してみよう。

「クリーナ。その師匠に一応結婚報告と、ある程度の繋ぎが欲しいんだが、師匠の勘が鋭いと面倒なことになる可能性がある。そこら辺はどうすればいいと思う？」

「ん。それなら私に任せて。ユキたちのことは簡単に口外できることではないのは重々承知している。まず私が話して、師匠をさっさと指定保護下に入れる。研究熱心な人だから、適当にウィードのエンチャントの杖を持ってきて、その内容を教えるために指定保護が必要と言えば簡単に頷くと思う」

「……研究バカってところか？」

『だね。勘が鋭くても、引き込んでしまえばこっちのモノだし、戦力とか技術力を知って反旗を翻そうなどとは思わないよ』

なるほどな。

まずは、クリーナに交渉を任せつつ、合いの手を入れていく感じで行くか。

最初に上がった、お姫様は特に問題もないと。

面倒な場合は実力行使ＯＫときたもんだ。

……なんか、それとなく嫌な予感がするけど、問題なく終わってほしいな。

「お、見えましたぞ‼　あれがアグウストが誇る王都です‼」

ビクセンさんがそう声をあげて、俺とは逆方向のワイちゃんの顔の方へ出ていく。

まだ小さいが、その先に映るのは、中央を城に添えた、円形に広がる大きな街だった。

パッと見た感じ、ジルバ、エナーリアにも劣らない。

「アマンダ様、王都の右手前の方に軍の施設があります。あちらへお願いいたします‼」

「分かりました。ワイちゃんお願い」

ギャース。

ワイちゃんが返事の声をあげて、少し進路が右にずれる。

そこには、塀に囲われた施設があり、グラウンドと思しき場所で、豆粒のようにしか見えないが人が均等に整列しているから、何かの訓練中だろう。

もうじきこちらに気が付いて、色々準備するんだろうな。

「さて、空の旅は終わりだな」

「ん。楽しかった」

クリーナがそう言ってにっこり笑うのだから、それだけで空の旅の価値はあっただろう。

さてさて、のんびりするのは終わりにして、窮屈なお仕事といきますかね。

第289掘：ペッタンコの価値

side：リーア

「あー、慌ててるな」

「それはそうですよ。ワイバーンとはいえドラゴンなんですから」

私はユキさんの横にいつものように立ち、下で右往左往する兵士さんたちを見つめる。

ウィードの大陸でも、ワイバーンが来ると結構な被害を覚悟しないといけないって言われているし、魔物自体がそもそも少ない新大陸ではかなり珍しいことじゃないかな？

「リーアの言う通りです。ビクセン殿からの連絡があったとはいえ、ワイバーンなんて見たことありませんからね。ほら、弓を構えている兵士だっています」

「あ、ほんとだ」

ジェシカの言う通り、慌てた様子で弓をこちらに構えている兵士がいる。

届く距離ではないけど、一応警戒してユキさんより前に出ていつでも迎撃《げいげき》できるようにする。

でも、すぐに他の兵士に叩かれて、弓を取り上げられる。

「申し訳ありません。若い兵士が慌てたようで、こちらに敵意はありませんので」

ビクセンさんが心底申し訳ないといった感じで謝罪する。

この人、偉い人らしいのだけれど、なんというか、苦労人という感じがする。

私をわざわざ引き取った商人のおじさんみたいだ。

「仕方ないですよ。まあ、見た感じ上官たちがきっちり抑えにいっていますし、ちゃんと連絡は伝わっているようですね。で、ワイバーンは空いている所へ？」

「はい。開けている場所で問題ありません。ひとまずそこへ着陸して、そこから端に寄っていただければと」

「分かりました。アマンダさん聞こえた通りで」

「はい。お願い。ワイちゃん」

ギャース。

ワイちゃんがひと吠《ほ》えの返事をすると、下にいる兵士はこわばった顔をする。

まあ、竜が吠えたら、攻撃すると思うよね。

とりあえず、私とジェシカはユキさんの傍でどんな攻撃も防げるように構えて、クリーナとサマンサは少し距離を取って、魔術で迎撃できるように辺りを厳重に警戒している。

もちろん、エリスやデリーユ、ルルア、ラッツも厳戒態勢。

ラビリスとシェーラは、アスリンちゃんとフィーリアちゃんを守るように横についている。

あ、アマンダはもちろんエオイドが守っている。

ビクセンさんも籠の中から手を振り、攻撃するなと大きな声で何度も叫んでいる。

……凄く疲れそう。

とりあえず、ビクセンさんの声もあってか、特に問題もなく着陸して、籠から降ります。

「お待ちしておりました。竜騎士様‼」

降りると、そんな声がして、整列していた兵士さんたちが、一斉に敬礼をする。

うん。よく訓練されているみたいだ。

名指しされたアマンダはやっぱり慣れないのか、顔が引きつっている。

とりあえず、エリスに突っつかれて、何とか返事を返す。

「丁寧な対応ありがとう、ございます。素晴らしい教育がされているヨウデスネ。謁見の際には、この話をシタイトオモイマス」

「はっ、ありがとうございます‼」

兵士さんたちはガッツポーズをしている人が少なからずいる。

そりゃ、謁見なんて普通はできませんし、こういう機会を使って、間接的にでも評価されれば、あとで色々ボーナスがあるかもしれません。

そんなやり取りをしている間に、一度兵舎に入っていったビクセンさんが戻ってきて……。

「皆さま、王城にはすでに連絡を向かわせているとのことですので、すぐに迎えの馬車が来ると思われます。それまでに準備をお願いいたします。それと、アマンダ様。竜ですが、あちらの端へお願いできますか？」

「あ、はい。分かりました」

そして、ワイちゃんは広場の端へ移動していく。

「ジェシカ。そういえば、ワイちゃんの見張りって私たちの誰が残るの？　聞いてなかったよね？」

「ああ、そう言えば私も聞いていませんね。ユキ、いったい誰が残るのですか？」

「いや、誰も残さないぞ」

「え。でも、それじゃ、ワイちゃんに変なことする馬鹿がいるかもしれないですよ？」

「リーアの言う通りだと思いますが。何か狙いでもあるんですか？」

「そりゃ、あるよ。俺たちはここの兵士たちを信用してワイちゃんを完全に預けるんだ。誰か残ってくれと向こうから要望がない限り、迎えの馬車に全員が乗らないのは失礼だろ？」

ユキさんの説明で、ジェシカは顔を引きつらせていた。

また、ユキさんのお得意だね。

「つまり、ワイちゃんは私たち以外にはどうにもできないし、兵士さんが警備を怠《おこた》って何か問題があればこっちが有利になるんですね？」

「おう、そういうことだ。リーアもなかなか分かってきたよな」

「えへへ。それはユキさんの奥さんですから」

こういうのは以心伝心ですね。

目と目で通じ合う。みたいな感じ。

まさに夫婦って感じで嬉しい。

「しかし、逆に、ワイちゃんが暴走して暴れたと、難癖《なんくせ》をつけてくる可能性もあるのでは？」

ジェシカは心配そうに、独りになっているワイちゃんを見つめている。

ああ、確かに変な難癖は貴族の得意技だよね。

「それもなくはないが、完全にアウトコースだな」

「というと？」

「すでに学府、ローデイと安全に待機しているのは証明しているんだ。ここで、そこの兵士たちを買収して騒ぎ立てても、兵士が怪我するぐらいで大事にはできない。学府とローデイができたことなのに、自分たちができないって証明だしな」

「確かに、それは国としての恥ですね……」

「まあ、相手の誘導でワイちゃんが王都を焼き尽くす、ぐらいしないと文句も言えないだろうが、すると思うか？」

「それはないですねー。自分のお家も燃えちゃうかもしれないですし」

「万が一、王城までワイちゃんが迫れば、それこそ国が傾きますね。バリスタですらワイちゃんは効きませんから。アンチマテリアルライフルでようやく、という感じですし」

「そもそも、お姫様やクリーナの師匠の宮廷魔術師顧問が学府卒業生らしいからな、わざわざ国がグルになってケンカ売ると思うか？」

「ないですね。学府どころか、学府を支援している他の4か国に完全にケンカを売ることになりますね」

うん。

聞く限り、ワイちゃんに手を出すこと自体が破滅にしかならない。

「そういうことだ。動いても個人の暴走だろうから、お偉いさんたちはこぞってこっちの機嫌取りに来るだろうな。だからワイちゃんを放っておいた方が色々便利。嫁さんたちの誰かをワイちゃんの護衛に残している方が逆に問題だ」

「え？　それはどうしてですか？」

「俺の身分は一応、ジルバとエナーリアの王族の血筋と無茶苦茶になっているが、建前上は雇われの傭兵団の団長だ。そこが狙い目と思って、嫁さんたちに手を出す奴の方が多いだろう。ワイちゃんは話が通じない魔物。でも、嫁さんたちは話が通じるから、説得して引き込めばいいし、無理やり押し倒して、とそんな馬鹿なことを考える奴もいるだろう」

「「ぶっ殺します」」

私を含めて、ユキさんの奥さん全員がそう答える。

当然の答え。私たちに、そういうことをしていいのはユキさんただ1人です。

「ひっ⁉　い、いったい何があったの⁉　エ、エリス師匠とデリーユ師匠の殺気が……」

「あ、ああ。いや、ユキさんたちの奥さんに手を出す馬鹿がいるかもしれないから、ここにはワイちゃんだけ置いていくって」

「なるほど。エリス師匠たち美人だもんね。というか、エリス師匠たち相手に手を出すとか自殺志願にしか見えないわ」

おっと、アマンダを怖がらせたらいけない。

他の皆も気が付いて、殺気を静めたようだ。

「俺も、嫁さんたちに手を出されたら怒ると思う。だから、そうならないように一緒にいてくれ。一緒にいれば手を出してくる馬鹿がいても、お互いでなんとかフォローに回れるからな。1人だと、相手をぶっとばしたくなるだろ？」

コクコクと、皆で頷く。

いや、ぶっ殺します。

「まあ、完全にいつも一緒は無理だろうから、必ず最低2人以上で行動してくれ。1人での行動は絶対になし。ある意味いつもの通りだ。こんなこと、だとは思わないが、これを理由に王城を吹っ飛ばしても、それはそれで面倒だからな」

ユキさんにべったりしろということね。

大丈夫、大得意だから‼　大好きだから‼

「ふむふむ。なるほど。お兄さんの気持ちはよく分かりました。では、ここはいつもと違って、私がジェシカの代わりに護衛を務めましょう」

「え!?」

ジェシカがラッツの発言に驚いている。

「そんなに驚くことではないですよ？　いつも、護衛で大変でしょう。私が王都にいる間は代わりますよ」

そして、すっと、ユキさんの腕を抱き込みます。

「い、いえ大丈夫ですから‼」

「いえいえ、無理しないでゆっくりしてください」

あー、ラッツはジェシカで遊んでいるな。

ジェシカもそこら辺慣れればいいのに。真面目だからなー。

すると、残っているユキさんの腕をエリスが抱きこんで……。

「リーア、私が代わるからゆっくりしてね」

は？

意味分からないし。

「エリスゥゥ‼　そこ私の場所だから‼」

「あらあら、勇者様は基本護衛じゃなくて遊撃って相場が決まっているでしょうに」

「いいの‼　私はユキさん専用だから‼」

もう、エリスまで悪のりしてる。

でも、油断すると真面目に今回の護衛役を奪われる。

ラッツよりたちが悪いよ⁉

「ほれほれ、じゃれるのもそこまでにしておけ。馬車が来たようじゃぞ」

「ですね。ユキさんとは後で新婚旅行もありますし、たっぷり食べられ……、いえ、いちゃいちゃできるのですから、今はさっさと用事を終わらせましょう」

ルルアがそう言うと、私たちはピタッと止まって、すぐに大人しくなる。

「……現金な奴らじゃな」

「じゃ、デリーユは新婚旅行はなしでいいのですか？」

「絶対嫌じゃ‼」

ということで、用意された馬車にすぐに乗り込み、移動を開始する私たち。

ガタゴト揺れるのは、懐かしいのだけど、車の方がいいなー。

おかげで、お尻や腰が痛い。

馬車の道中だけど、窓にカーテンをかけていて、外が見えないようになっていたので街並みを見ることはできず、そのまま王城に招かれることになった。

一緒に乗っていたビクセンさん曰く、アマンダ様やその御一行の顔が一般にばれると、観光するときに身動きができなくなるとか、要らぬことを企む輩が出るかもしれないとのことだった。

「うーん。お尻が痛い」

「……私も同じです。車に慣れすぎですね。なんとかならないものですかね」

「だね」

私とジェシカはユキさんの横で、お互いお尻をさすっていた。

「……そこら辺は、魔術のクッションでも作ってなんとかしろよ。わざとやってるかと思って何も言わなかったぞ」

「「あ」」

なるほど、ユキさんが平然と馬車の中でビクセンさんと話していたのはそういうことか。

今度はそうしよう。

「なんですの？　その魔術のクッションとは？」

「ん、興味がある」

「ああ、2人は知りませんよね」

「えーと、風の魔術の応用でね。ほら、家にクッションあるじゃない？　それを真似て衝撃を和らげる物を作るんだ」

確か、詳しくは風で攻撃を防ぐシールド系の応用だったかな？

そんなことをクリーナやサマンサに話していると、横から声をかけられる。

「おお、よく戻ってきたな。クリーナ」

「師匠‼」

クリーナにしては珍しく、声をあげて、そのおじいちゃんに走り寄る。

ああ、あれがクリーナのお師匠様で、育ての親か。

とんがり帽子に白いひげ、ローブと、まさに正統派の魔術師といった服装だ。

でも、クリーナを前に笑顔を見せているところから、いいおじいちゃんなのだと思える。

「どうして師匠がここに？いつもは街外れの家で引き籠って研究しているはず」

「ぐはっ、痛いところを突かれたのう。でもな、わしの可愛い娘が帰ってくるのに、家で引き籠るのはどうかと思ってな。姫様に頼んで案内役を任せてもらったのじゃよ」

微笑ましい光景だ。

私も、あんな時があったな……。

1日畑仕事を終えて、家に帰れば迎えてくれる母や妹……。

もう戻らない、懐かしい記憶。

私が勇者の力を使えていればと、思ったことは何度もある。

でも、ユキさんに会えた。運命の人に会えた。

過程は過酷だったけど、この出会いをなしにしたいとは思えない。

悲しみも、痛みも、この胸の中の愛も、私のモノだから。

……だから、私は村の皆の分まで、幸せになるんだ。

「リーア。大丈夫ですか？　涙が出ていますよ？」

「あ、うん。大丈夫。ただちょっと懐かしいなーと思っただけ」

「……懐かしいですか。無理はしないでくださいね」

「ありがとう。でも本当に大丈夫だから。ジェシカも優しいし」

そう、ユキさんだけじゃない。

こんなに、心から信頼できる仲間もたくさんできた。

過去にこだわるような理由はない。

そんなことを考えているうちに、クリーナとお師匠さんの話は終わったのか、2人でこちらに歩いてくる。

「みんな。紹介する。私の育ての親で、お師匠。そしてアグウスト国、宮廷魔術師顧問、ファイゲル・ハンドレッド」

「ほほほ。紹介に与かりました。ファイゲル・ハンドレッドと申します。娘の友達ですし、気軽にファイゲルとお呼びください。そして、竜騎士アマンダ様とこうして話せる機会をいただき、誠に感謝いたします」

そうして、おじいちゃんはアマンダの前で頭を下げる。

名指しされたアマンダは、やっぱり緊張していて。……あれ、何であのおじいちゃん、アマンダの姿を知っているのだろう？

クリーナから教えてもらったのかな？

「ひゃ、ひゃい‼　い、いえ、そんなにかしこまらないでください。私はいまだ学府の生徒ですし、大先輩で、ポープリ学長と魔術を撃ち合い、その果てに１００の魔術を操るといわれたハンドレッド様にそこまでしていただく必要はないです‼」

「ほほほ。懐かしい話ですな。竜騎士アマンダ様がそう仰るのであれば、クリーナの友達としての時は、普通に話しましょう。ですが、公式の場ではお互いの立場がございますのでご了承ください」

「はい、分かりました。よろしくお願いします」

ふむふむ、物分かりのいいおじいちゃんだね。

「しかし、今でもその話が残っているのか、クリーナ？」

「残っているも何も、ポープリ学長と魔術戦ができたのは師匠ぐらいのもの」

「いやいや、わしが学生じゃった時は、学長にケンカを売るのは山ほどおったぞ。そもそも、魔術戦と言ってもこっちは手数で攻めて、結局打ち負かされたがのう」

「……その数が尋常ではなかった。違う魔術を山ほど撃ちだしたと文献が残っているし、今でも語り継がれている。というか、学長が言っている」

「あんのクソババアめ。そうやってわしに注目を集めおってからに。わしの手数のすべてに対応してきた自分のことはまったく出ていないことを考えると、厄介ごとをこっちに押し付けるつもりじゃな……。今度、文句を言いに行くべきか……」

うん。ポープリさん、昔からあんな感じだったのね。

おじいちゃんには同情する。

今、エリスに餌付けされている姿を見たら、笑うだろうか、涙するだろうか？

「そんなことより、他の皆の紹介を済ませておきたい」

「おおっ、すまんな。確か、エナーリアの襲撃を防いだ、傭兵団の方々が護衛についていると連絡にはあったが……。女学生ばかりじゃな。どこに傭兵団の人はいるのかのう？」

「……アマンダと、その横にいるエオイド以外が傭兵団。一応、学府の生徒として迎え入れられているから制服を着ている」

「ほっ、こんな若い方々が!?」

「ん、事実。もう、謁見まで時間がなさそうだから、簡潔に言う。その男の人」

クリーナは私の横にいるユキさんを見ながらこう口を開く。

「傭兵団の団長、ユキ。そして、私の夫。他の皆は妻友達。新しい家族」

「は？」

おじいちゃんは理解が追い付かないのか、口を開けたまま固まっている。

あー、なんというか、私でも想像できる。

これは、娘をやれるかー‼ って怒ると思う。

だって、見た感じクリーナのことを大事にしているし、ユキさんのことは何も知らないし、当然の反応だと思う。

私がそう考えていると、おじいちゃんは何かを溜めるように顔を少し下げて、プルプル震えている。

他の皆も分かっているようで、次に来るであろう叫び声に備えて、耳に手を持ってきている。

そして、ユキさんは、クリーナの相手ということで、仄かに泣きながら次に起こる出来事を受け入れる気でいる。

……頑張れ、ユキさん。

そして、おじいちゃんがバッと顔を上げ、ユキさんにツカツカと歩いてくる。

武器は持っていないが、接近はさすがに看過できない。

近づくのを止めようと、私とジェシカが前に出ようとするが、ユキさんに止められてそのまま成り行きを見守ることになる。

殺気はないようだけど、万が一、攻撃したら消し炭にしてやる。

おじいちゃんはユキさんのすぐ目の前に立ち、手を素早く伸ばす。

バッ‼

私とジェシカ、サマンサは即座に構える。

一応、すでに王城内なので表向きな武器は取り上げられたが、アイテムボックスの勇者装備とかは健在だし、いつでも出せるようにしている。

でも、おじいちゃんの両手はユキさんの手を握っていて……。

「ようやった‼ この不愛想、ペタンコ娘でいいとか、奇特な人がおったもんじゃ‼」

ズルッ。

私たち全員が崩れ落ちかけた。

というか、そっち⁉

「いやー、わしとしては自慢の娘なんじゃが、最初の教育を間違ったかしらんが、本と魔術ばかりで、人と交流しにくい娘に育ったんじゃよ。それに気が付いて、学府に送り出したのじゃが、学長からの報告でも本を読んでばかり。こりゃー、わしと同じように伴侶なく婆さんになるのかと思っておった。まあ、スタイルさえよければ可能性はあったのじゃろうが。実際は、ほれこの通り、ちっこくて、ツルツルぺったんじゃろ？」

あー、後ろでクリーナがプルプル震えている。

おじいちゃんが独身だった理由が分かる気がする、女性への気遣いができていない。

というか、普通にクリーナは美少女で、友達を欲しがっていただけ。

周りが気付けないのが悪いと思う。

「い、いえ。そんなところも含めて、クリーナを愛していますよ」

さすがユキさん‼

クリーナの震えが止まって、頬を赤らめている。

可愛いよ‼

「よかったのう‼　こんな青年は初めてじゃ‼　お前のペッタンコを知ってなお、好きですよ、とか、可愛らしいですね、とか言わんぞ‼　ペッタンコなのに‼」

しかし、ユキさんがわざわざなだめたのに、地雷を踏むおじいちゃん。

ペッタンコは悪いことじゃないんですよ。

とりあえず、クリーナが臨界点突破したのは分かったので、ユキさんとおじいちゃんを残して皆離れる。

クリーナの攻撃だからユキさんへの被害は何も心配しなくていいし、どう見ても、ただのじゃれあい。

まあ、おじいちゃんが生き残れるかは知らない。

「……死ね。クソ爺‼」

そして、ウィードでの訓練の成果を示すように、瞬時にとても大きいファイアーボールを生み出し、おじいちゃんに放つ。

「ふっ、魔力の高ぶりを抑えろとあれほど言っておろうに、高位の魔術師相手には発動を見破られ……」

そう、おじいちゃんは言って振り向き、目の前に迫るファイアーボールを見て叫ぶ。

「ちょ、デカすぎ⁉　待っ……」

ドーーーン‼

王城に爆音が響き渡るのであった。

……うーん。

おじいちゃん黒焦げになってそう。

第290掘：姉御肌の姫

side：ユキ

もう、いや。

爆発ネタとか使い古されていますよ？

愛を叫んだら、爆心地の中心になりました。

……どっかで聞いたことがあるな。映画のタイトルだっけ？

でも、こんな物騒じゃなかったような……。

とりあえず、嫁さんたちやエオイド君、アマンダさんは退避したからいいか。

爺さんは知らん……。

しかし、王城で爆発騒ぎ。

普通ならこんなことはあってはならない。

でも、きっかけはクリーナの育ての親であり、宮廷魔術師顧問のファイゲルさんだ。

そんな重鎮がこんなミスをするとは思えない。

……これは、ひと芝居打たれたか？

一応、嫁さんたちは俺から離れた際に一気に周りの警戒を強めたから、強襲されても大丈夫だ。

こういう場合、全員が爆炎に包まれるのが一番まずい。

情報が遮断されるということだからな。

とりあえず、嫁さんたちから連絡はないし、このまま煙が引くまで大人しくしておくか。

相手が動きを見せないのに、こちらから動いて、手札を晒《さら》す理由はない。

と、そんなことを考えていると、目の前にいた爺さんは生きていたのか、魔力が集まり、不自然な風が吹いて煙を吹き散らす。

「……ち、燃えていない」

最初に聞こえた声は、この爆心地を生み出した張本人。

平均より小さくて、ペッタンコだけど、それが可愛く愛しい、嫁さんのクリーナ。

とりあえず、怒ると怖いのが分かったので、スタイルについては今以上に、慎重に話す必要があると再認識した。

貧乳はステータスなんです。希少価値があるんです‼

そんな、偉大な言葉を思い出していた。

で、その燃えていなくて、舌打ちされた爺さんは。

「燃えたわい‼ なんじゃ、あの威力のファイアーボールは⁉ 消し飛ばしてやろうかと思ったら、こっちにダメージが来ないように風のシールドを展開するので精一杯とか、尋常じゃないぞ‼」

「ん。それは愛の力」

「いや、そんな簡単に威力が上がるわけなかろう」

まあ、研究者の爺さんとしては、そんな答えは夢見る少女の答えでしかないわな。

でも、ある意味間違いでもないんだよな。

やる気がなければ、そうそう向上はしないし。

「……愛の力は偉大で絶対。もう一度くらう？」

クリーナは再び魔力を集めて、爺さんに狙いを定める。

さっきとは術式が違うな、炎と見せかけて、氷か？

術式から考えて、さっきの3倍以上か、爺さんの串刺しが見られるね。

「何をやっているかと思えば。ファイゲル老師、愛娘との戯れはそこまでにして、さっさと連れて来てほしいのだが」

そんな声が上から届く。

顔を上げると、中庭を覗くテラスから、ドレスを着た女性と、傍に控える騎士、メイドが立っている。

何をしらじらしい、ずっとそこに待機していたくせに。

ま、俺も情報収集のために同じようなことをやるだろうが。

わざと身内をぶつけて、問題が起こってもただの挨拶という感じで済ますつもりなのだ。

いや、知らない人をぶつけたら、普通に外交問題だからな。

「客人、老師の戯れに付き合わせてすまなかったな。すぐに案内させる。老師もそこら辺で仕事を頼むぞ」

「ほっほっほ、分かりましたぞ姫様」

そう言って、姫様は奥へ引っ込む。

こっちを見つめる瞳は鷹みたいだったが。

……鷹の瞳をまじまじと見つめたことはないけど、あれだ、比喩って感じ？

しかし、アレがイニス姫か。

途中で観察を止めたところや事前情報から見ると、提案はこの爺さんで、しぶしぶＯＫを出したのがイニス姫ってところか。

ま、学長すらもだましている狸ってこともあり得るから、この場での安易な判断は禁物か。

どのみち、俺たちの戦力を探ってきたのは間違いないのだから、ちゃんとやれる人たちだと思うべきだろう。

「皆さま、お恥ずかしいところをお見せしましたな。ほれ、クリーナも頭を下げんか」

「……師匠が発端。私は被害者」

「結果、一緒に騒いだのには違いあるまい。まったく、夫と言った相手を巻き込みおってからに。嫌われるぞ？」

「……⁉　ごめんなさい‼」

　クリーナは爺さんにそう言われて、世界の終わりのように顔面を蒼白にして謝る。

「大丈夫だから、気にしないでいいぞ。クリーナも俺に被害が来ないように手加減していたし、お師匠さんも俺を守ってくれたからな」

　そう、あの一瞬でかき消すのを無理と判断して、退避していない俺も一緒に守るように風のシールドを展開したのだ。

　手加減されたとはいえ、伊達にポープリと撃ち合っただけはあるらしい。

「ほっ？　お分かりになりましたかな？」

　爺さんは驚きの表情をしているが、目つきは鋭い。

　こんな会話からでも、情報を読み取ろうとしているか。

「ええ、妻が同じような魔術を使いますので、その時と似たような感じがしまして」

「そうですか。どの方ですかな？」

「そちらにいる、金髪の……」

　俺がそう言うと、エリスは自ら進み出て、爺さんに頭を下げる。

「どうも、エリスと言います」

「そうですか、してどのような魔術をつ……」

爺さんが探りを入れようとするが、エリスは最後まで爺さんの言葉を聞くことなく、さらに口を開く。

「先ほど、お姫様からお呼び出しがかかりましたし、詳しいお話はまた後ほど、ということで。案内をお願いできますか？」

「……そうじゃのう。後でゆっくり聞けばいいか。すいませんな。研究ばかりやっていてのう。少しはしゃぎすぎたようじゃ。では、こちらについて来てくだされ」

エリスの眼力は凄まじく、さっさと案内しろや爺。という言葉が全身からにじみ出ていた。

こういう交渉事でエリスは本当に強い。

爺さんもそれが分かったのだろう、目をさっと逸らし、すぐに案内を始める。

さすがエリス。ご老体にも手加減しない‼

とまあ、そんなエリスの眼力もあって、すぐに王城内に入って部屋に通される。

すると、そこには先ほどのイニス姫が座って、紅茶を飲んでいた。

本来ならば、お付きと思われるメンバーは別室で待機させられて、代表の俺やアマンダさんだけがお姫様などの高位な相手をするのが普通なのだが。

サマンサの親父さん、公爵相手でもそうだった。

どういう考えでこんなことをしている？

「老師、遅かったな。いらん探りでも入れたのだろう？」

「さて、なんのことですかな？」

「まったく、しらばっくれおって。私と老師の恩師であるポープリ学長の使いだぞ。聞きたいことがあれば真っ向から聞けばいい。回りくどいのは好かん」

爺さんは姫さんがそう言って、ヤレヤレと言った感じで頭を振る。苦労しているな。

ああ、どう見てもセラリアとタイプが重なる。

まあ、キャンキャン言わないだけ、昔のセラリアよりはましだが。

「と、すまんな客人たち。そこら辺に座ってくれ。思ったより大人数だったので、ソファーの位置が変で申し訳ない」

思い思いに空いている席に座りつつ、姫さんの正面に座ろうとしないアマンダさんを無理やりエリスが座らせる。

「いえ、お気遣い感謝いたします。しかし、このような身分の知れぬ私たち大勢と会ってよかったのですか？」

俺もアマンダさんの横に座り、とりあえず、なんでこの場に姫さんがいるのかを聞いてみる。

「なに、どうせ公務で街を歩く時や、よその街や村に赴く時はこれ以上の大勢に囲まれるのだ。それに比べて、すでに武器は取り外しているし、身分は学府が保証してくれている。交渉の内容も竜騎士の挨拶。しかし、父上、王がいないので玉座で謁見もできない。だから、これが最低限の礼儀だろう。だが、一番の本音は、そんな面倒なことを挟んで時間を無駄にしたくない。

面倒な挨拶や手紙の受け渡しはさっさと終えて、我が母校や恩師の話を聞きたいのだ」

噂通りの真っ直ぐな人だな。

これは、周りの人がフォローで過労死しそうだな。

学生の頃、護衛をしていた騎士の苦労がしのばれる。

「では、お姫様のお言葉に甘えまして、まずは、アマンダさん。挨拶を」

「ひゃ、ひゃい‼」

俺は姫さんの希望通りに、挨拶を済ませようと、アマンダを紹介するために立たせる。

無論、俺も横に立ちフォローをする。

「彼女が、このたびワイバーンを従えることに成功し、ポープリ学長から竜騎士の称号を与えられたアマンダと言います。以後お見知りおきください」

「アマンダといいましゅ。どうぞよろしくお願いいたします‼」

「そうか、私がこのアグウスト国の姫でイニスという。気軽にイニスとでも呼んでくれ」

「そ、そんな恐れ多い……」

「気にするな。お姫様なんぞ、この大陸では両の手どころか100や200では足らんだろう。それに比べ、アマンダ殿はこの大陸にただ1人の竜騎士だ。本来であれば私も頭を下げるべきであろうが、そこは勘弁してくれ。なにせ周りが五月蠅くてな」

「姫様」

「ほれ、この通り老師やメイドがな。まあ、そんなことでお互い緊張するのはよろしくない。だから、都合のいい立場がある。それを利用しよう」

「都合のいい立場ですか？」

「うむ。私も学府の卒業生。つまり、先輩と後輩ということだ。それなら何も気にする必要はなかろう？　私が一応、上であるし。なあ、老師？」

「……はぁ。いいでしょう」

「というわけだ。同じ学び舎の出だ、気軽に話してくれ」

「……はい。イニス先輩」

「うん。懐かしい呼ばれ方だ。よし、アマンダ後輩、まずは王城を案内してやろう‼」

　そう言って立ち上がる2人を、俺と爺さんで再び椅子に座らせる。

「きゃ」

「おっと」

「まず、学長から受け取った手紙を渡すべきかと」

「ですな。公務を後回しというのはいただけません」

「す、すいません」

「分かった。分かったからそんな顔で睨《にら》むな」

　2人は俺たちの表情を見て大人しくなる。

なんというか、アマンダの緊張を解《ほぐ》すためにわざとやっているのかと思えば、素でこういう性格なのか。

直感タイプだな。

マジで、一緒にいる人は疲れるだろうよ。

そんなことを考えているうちに、アマンダがいそいそと、ポープリから預かった手紙を懐から取り出す。

「こちらが、ランサー魔術学府学長ポープリからの手紙です。ご確認ください」

アマンダはそう言って、姫さんの前に手紙を置く。

こういう時のお約束は、側近の人がまず受け取って、本物であるか、罠ではないかを調べて渡すのだが、爺さんが手を伸ばすよりも先に、姫さんが即座に手紙を手に取る。

「姫様!?」

「ええい、五月蠅いわ。別に私が王でもあるまいに、必要ない手順を待つか」

「ですが……」

「戦場では即断即決がものを言う。上からの指示、遥か遠方、王都からの指示をいちいち待つような将軍なぞ要らん。それではただの伝令だ。将とは、上に立つ者とは、すべからく己が行動に責任を持ち、周りを引っ張り、前に立ち続ける者のことを言う。まあ、戦場で最前線に立つのは総指揮官の務めではないがな。常に最良の選択を求められるのだ。己の意思でそれを選び取らなくては、上に立つ者としては失格だ。それは老師が言っていたことだろう？」

「それとこれとは……」

「別なわけがあるか。こういう外交もある種の戦争だ。同じ対応では他の国と何も変わらぬ。そんなことに時間をかけるより、後輩であり、伝説の竜騎士と交友を深める時間を作るためにも、こんな儀礼的な作法はすっ飛ばすべきだ。どうせ、こんな手紙で死ぬようならそれまでだ。というより、わざわざポープリ学長がそんな回りくどいことをするか。あの人なら、上空まですっ飛んできて、王城を吹っ飛ばすぞ？　違うか？」

「……あのババアならそうでしょうな」

うひゃー、面白い会話。こっそり録画しててよかった。

いや、最初は会話記録のつもりだったんだよな。

こういう場での話の記録っていうのは案外大事だったりする。

もちろん、サマンサの親父さん、公爵との会話もしっかり記録している。

しかし、ポープリのやつ、結構、無茶苦茶してたんだな。

でも、それぐらいしないと、学府が単独で存在するのは無理だろうな。

「ということだ、アマンダ。多少不作法ではあるが、ここで手紙を開封して読ませてもらうぞ」

「あ、はい。構いません。学長からもイニス先輩ならそう仰るはずだと言っていました」

「ほら。学長もそのつもりだったみたいだぞ」

「あんの、クソババアめ」

「……相変わらず恐れを知らんな。老師だけだぞ、あの可愛らしい学長をクソババアなどと呼ぶのは」

姫さんはそう言いつつ、手紙を開け、中身に目を通す。

「どこが可愛らしいか、私にはまったく分かりませんな。あんななりをして、中身は私より遥かに年上。あのしぐさもあえてやっておるのです。だから、クソババアと呼んで何も問題ありますまい」

「女性は、大なり小なりそういう側面があるものだ。むしろあの姿を最大限に利用しているところを評価するべきではないか？　ふむふむ……」

「評価はしております。恩師ですからな。しかし、相容れぬものというのは存在するのです」

「相容れぬというのは、老師が学長に告白したことか？」

「「ぶはっ」」

その姫さんの爆弾発言で、姫さんを除く、側近の兵士やメイドですら吹き出し、飲み物を飲んでいる俺たちにも大ダメージを与えた。

爺さんに至っては気管に入ったのか、激しくむせている。

「……イニス姫様。それは本当？」

「なんだ、クリーナも知らなかったのか？」

「師匠と学長の戦いの話は文献が多く残っているけど、その話は初耳」

その話に食いつくのは、クリーナ。

まあ、育ての親の話だから当然か。

「まあ、ある意味恥ずかしい話ではあるからな。聞かれなければ答えなかったのだろう。記録に残すべきものは、後の世に役立つものであって、人を笑いものにするためのものではないからな。と、すまん。この話を続ける前に、手紙は拝見した。竜騎士アマンダ殿とこちらも仲良くやっていきたい。その驚異的な移動能力でこれから色々頼むかもしれない。その時はよろしく頼む」

「はい‼」

「いい返事だ。それで、そちらの彼は傭兵団の団長だから、後ろの彼がアマンダ殿の夫か？」

「は、はい。わたしゅの夫の、エオイドです」

アマンダに呼ばれて、即座に立つエオイド。

「エオイドと言います。イニス姫様にこうしてお会いできて光栄です‼」

「そう硬くならなくともよい。君も私の後輩だからな。イニス先輩でよい」

「はい、イニス先輩」

「うん、いい男じゃないか。しかし、懸念である、アマンダの相手がすでにいるのはこっちとしてもありがたい。一応、アマンダ殿には手を出すなと言ってあるが、事情も何も知らん馬鹿が、意味もない、むしろマイナスにしかならんことに手を出す可能性がなくもない。滞在中や、この国の関係者が馬鹿を言って来たら私に連絡してくれ。全力で君たち後輩の幸せを守って見せよう」

「「ありがとうございます‼」」

なんというか、姉御肌だ、完全に。

セラリアやデリーユとは厳密には違うタイプだったな。

「竜騎士アマンダ殿、その夫のエオイド殿が訪問してきた際には、私がいるなら、私の部屋に通せ。いないのであれば、宮廷魔術師顧問のファイゲル老師の家へ案内するよう厳命しておけ。命令書および許可証は後で発行する」

「「はっ‼」」

返事をして、命令を伝えるために出ていく騎士。

……命令書は後で発行なのに、どうやって信用してもらえるんだ？

これが、姫さんのお約束ということか？　恐ろしいな。

「さて、アマンダ後輩の件はいいとして、傭兵団の諸君にも、できれば王都図書館の閲覧許可を出してほしいとあった。特に閲覧禁止の物まで見せろとは書いていないが、とりあえず理由を聞いてもいいだろうか？」

でも、こういうところはしっかり押さえてくるから、優秀ではあるんだろうな。

「はい。構いませんよ。傭兵団として図書館を覗きたい理由は、飯の種ですかね」

「飯の種？」

「ええ。雑学と言いまして、何が食べられるとか、何がお金になるとか、どこかに隠し財宝がある、とかですね。色々な知識を吸収することによって、今まで気にしていなかったことがお金に変わるかもしれませんから」

「なるほど。確かにその手の文献は多いだろう。しかし財宝関連の真意は確かでない、というかほとんど眉唾だぞ？」

「それが案外そうでもなかったりします。ジルバ、エナーリアと王都の図書館を拝見させていただいた時、別の記述の仕方ではありましたが、同じ位置を示す文献がありました。つまり、その話は多方面からの情報があるということで、真実味が増しているのです。まあ、はずれも多々ありますが、当たりもあったりします」

「……そういうことか。多方面からの情報収集は基本だ。しかし、そういう角度から財宝が有る無しを見極めるか。各国を渡り歩く傭兵ならではだな。……面白そうだな。よければ、その調べ物を見学させてもらってよいだろうか？」

「構いませんよ」

適当に言っているようだが、実は本当だ。

ザーギスがジルバ、エナーリアがラッツ、ミリー、ルルアでがっつり調べた結果、本命の聖剣使いや魔力枯渇の話は分からなくても、そういう隠し財宝云々は山ほどあった。

その財宝の中に、聖剣使いや魔力枯渇に関することがないかと、その場所を霧華たちで調べていたりもする。

まあ、本当に金銀財宝もあったりしたが、俺たちの目的のものは全然見つからず、聖剣使いとは全面戦争になって、魔力枯渇の糸口はまだほんのちょっと触るぐらいだ。

だから、調べ物をやめるわけにはいかない。

「よし、ならばさっそく、図書館に案内しよう‼」

そう言って再び立ち上がる姫さん。

で、また爺さんに再び座らされる。

「姫様。まずはお客人を部屋へ案内し、その間にお返事をしたためるのです。というか、王城案内も、図書館案内も後回しです。まずは竜騎士アマンダ殿の竜を拝見するのが一番先ですぞ」

「おお、そうだった。すまん、すぐに返事を書くから、その間は客室で待っていてくれ。案内を頼むぞ」

「「かしこまりました」」

そう言って俺たちはメイドさんたちに案内されるが、部屋を出る際、姫さんは即座にペンを走らせていた。
……誤字脱字ないよな？　公文書では色々問題になるぞ？
即断即決はいいが、色々飛ばしすぎだな。
横にいる、騎士とか、メイドさんは、必死に姫さんが書く手紙を覗いている。
……お疲れ様です。

第291掘：暴れん坊お姫様

side：ルルア

イニス様との謁見（？）は終わりましたが、正直に言って、セラリア、シェーラ、エルジュ様、ローエル様などとはまた違うタイプです。

いえ、ガルツのローエル様が多少似ている気がします。

弟に色々任せて、戦うのが好きみたいですし。

しかし、旦那様との会話を聞く限りでは、とても気持ちの良い性格の方みたいで、アマンダやエオイドのことは心配しなくてもよさそうです。

普通に図書館の閲覧許可もくれましたし、人を見る目は確かなものだと思います。

まあ、ちょっと性急すぎるような気もしますが。

「こちらがお部屋になります。何かありましたら、そちらのベルを鳴らしてください」

「はい。どうも」

今回の部屋割りは、竜騎士アマンダとエオイドで1部屋。

傭兵団の私たちは、まとめて1部屋ということになりました。

これはポープリさんが気を遣って、私たちを1部屋に案内するように手紙で書いていてくれたからです。

バラバラに泊まると、ジルバの時みたいに襲われかねませんからね。

トーリ、リエル、カヤは兵士を吹き飛ばすぐらいで終わったみたいですが、私の場合は旦那様以外には肌を見られたくないので、殺してしまうでしょう。

幼いアスリンやフィーリアも心配なので、みんな一緒の部屋なのはいいことです。

「で、師匠。ポープリ学長に告白したって話は？」

「ぐっ、覚えておったか」

案内のメイドが出て行った後、一緒に同行してたファイゲルさんへ、娘であるクリーナが先ほどの告白云々の話を聞きます。

無論、私たちも興味津々なので、周りに集まっています。

旦那様だけは興味がないのか、窓から覗く庭を見て、こちらを見ようとはしていません。

「さあ、早く話して楽になるといい」

「わしが黙っているという選択もあるんじゃがな」

「それなら戻って学長に聞くだけ。師匠が教えてくれなかった分、学長の話すことを全面的に信じることになると思う」

今すぐにでも、詳しい話は聞けるのですけど、ここはファイゲルさんのお話を聞いた後で、こっそり事実確認をするべきでしょうね。

「ええい。あのババアの話なぞまったくあてにならんぞ‼」

「なら、話して」

「ぐっ。分かった。じゃが条件がある」

「なに？」

「わしにとっては恥ずかしい話じゃ。それを聞くのじゃから、クリーナもユキ殿との馴れ初めでも話してもらおうか」

「ん。構わない。馴れ初めどころか、初体験も話す。幸せいっぱい」

「ちょ、ちょっと、クリーナ。それは俺が恥ずかしいのだけど」

慌てて出てくる旦那様。

クリーナにとっては、素敵な思い出で、恥ずかしがるようなことではないのでしょうか。さすがにそういう話はするのは、身内だけがいいですね、私も。

「いや、さすがにそれは聞かん。こっちが気まずいわ。……ユキ殿。こんな娘じゃが本当にいいのか？」

「ま、これもクリーナのいいところですよ。お互いの不得手なことをフォローするのが夫婦ですしね」

「……どうだ。ラブラブ」

「……クリーナ。お前が迷惑かけたと、自覚はあるか？」

「はあ。いい旦那で本当によかったわ。わしなら放り出しとるな」

ええ、ファイゲルさんの言う通り、旦那様はいい旦那様なんです!!

私たちにとっては世界で一番なんですよ!!

「さて、学長に告白した件じゃったかな」

ファイゲルさんはそう言って、ソファーに腰掛けます。

私たちも同じように、思い思いに空いている所に座って、お話を聞く準備をします。

「まあ、そのままの話なんじゃがな。当時のわしは、イケイケの美少年じゃった……」

「嘘」

クリーナが即座にダメ出しします。

一応、それはお約束みたいなものですからね。

「やかましいわ。こういうのは普通に聞き流すのが常識なんじゃ」

「ユキ、そうなの？」

「そうだな。こういう前置きみたいなのは話を盛り上げるために必要なんだ」

「分かった。師匠が必死に取り繕うためと理解した」

「……本当に、なんでこんな娘に育ったもんか」

「師匠のせい」

「？」

少しの間、火花を散らせる2人でしたが、ファイゲルさんがすぐに折れて、お話を続けます。

「まあよい。わしも当時は純真で優秀な生徒として、あの学府の門をくぐったのじゃ。その時、1人の少女、そうじゃな、そちらのお嬢さんぐらいの、クソババアと会ったのじゃ」

「うにゅ？」

アスリンはクソババアがポープリさんを指す言葉とはいまいち理解できてないみたいで、首を傾げています。

「おお、すまんな。クソババアと言うのはポープリ学長のことじゃよ」

「ポープリお姉ちゃんはクソババアじゃないよ？」

ファイゲルさんが分かりやすいように訂正するけど、アスリンにとっては面倒見のいい、ただのポープリお姉さんなんですよね。

ポープリさんもアスリンや、フィーリアのことは気に入っているみたいですし、なんというか、体形的になにか感じ入るものがあったのでしょう。

……実力も負けていますが。

と、そこはいいとして、ファイゲルさんのお話の続きですね。

「そこがあのポープリ学長のいやらしいところよ。いや、お嬢ちゃんにはちゃんと優しく接しておるかもしれないがのう。わしに対して、入りたての幼年組を装っておったのじゃよ」

ああ、なるほど。

お得意の容姿を利用した変な探りを入れていたのですね。

「当時のわしは、人並みの心のやさしさを持っておったからな。そうやって、1人で門のところでウロチョロしている迷子の子供と思って接したのじゃよ。そして、年上として手を引き、職員室まで連れて行ったのだが、教員は全員妙な目で見ておってのう。今では理解できるが、わしを哀れと思ったのじゃろうな」

……あまり、ポープリさんをフォローできない内容ですね。

「で、その日の入学式であのクソババアが学長として壇上に上がり、わしら入学生の総評をしおった。まあ、そこはいい。しかし、最後に自分をちゃんと丁寧に職員室まで手を引いてくれた若者がいたことを褒めて、挙句、惚れそうになったとかぬかしおったのじゃ」

ダメですね。

アウトです。

「おかげで、わしは入学初日から、クソババアに迫った変態幼女趣味の烙印を押されたのじゃ」

「……師匠。ドンマイ」

「ドンマイだけで済むか‼ その噂を払拭するために、あのクソババアをボコボコにしてやろうと必死に頑張ったが、それも思いを通すためのアピールと取られるわ、まったく勝てないわで、わしの心はボロボロじゃよ……」

全面的に、ポープリさんが悪いという内容でしたね。

赤裸々どころか、ポープリさんの評価を落とす話でした。

まあ、容姿を思う存分に利用しているという点は、上に立つ者として評価するべきなのでしょうが……。

そこで、ファイゲルさんの話が終わって少しの間、沈黙が降ります。

その静寂を縫うように、この部屋へ走り寄ってくる音が聞こえてきて、思い切り扉が開かれます。

「よし、手紙は書き終わったぞ。受け渡しをしたいのだが……。ん？　アマンダ後輩の部屋ではなかったか。まあ、ユキ団長の相席もいるだろうから、ちょうどいい、ついて来てくれないか？」

「え、ええ」

旦那様は顔を引きつらせつつも、イニス姫様の話に同意を示します。

本当に豪快な人ですね。

で、そのイニス姫様にため息をしつつも、先ほどまで色々話してくれたファイゲルさんが近寄ります。

「ノックもせずに扉を開けることがありますか‼」

「すまんすまん」

「ええい、この方たちは、姫様の後輩ではありませんぞ‼　お客人に対してあまりにも不作法です‼」

「何を言っておるか、建前上、傭兵団も学府の生徒だろう？　ならば、後輩も同然だ。それにクリーナやローデイのサマンサ殿も後輩だし、問題はあるまい？」

「ありまくりですわ‼　クリーナはともかく、サマンサ殿はローデイの公爵家ご令嬢ですぞ‼」

ファイゲルさんの言う通り、これは普通なら外交問題になってもおかしくないのですが……。

叱られている本人はキョトンとして、不思議そうな顔をしながらサマンサに視線を向け、口を開きます。

「サマンサ殿は、私の対応が不満で外交問題にするのか？」

「い、いえ、そのようなことは。寝ているところに踏み込まれたわけでもないですし、このようなことで、両国の仲をこじらせるようなことはありませんわ。イニス姫様も学府の先輩として訪問していると仰っていますし、これで文句をつけるのは些か狭量かと……」

サマンサは咄嗟にそう紡ぎます。

さすが、公爵家の令嬢。こういう手合いの作法は習っているようですね。

これなら、新大陸の権力者相手の交渉はサマンサを中心にやっていく方がいいでしょう。

新しい妻の実力を確かめられて嬉しい限りです。

「ほれ。何も問題はないようだぞ？」

そして、イニス姫様は、何事もないようにファイゲルさんに言います。

おそらく、自分の立場や周りのパワーバランスを無意識に自覚して、こういう行動を取っているのでしょう。

ある意味、もの凄い人ではありますが、周りがついていけないので、下手すると大火傷する可能性がありますね。

義理堅い人ではあるようですし、そういった意味では信頼がおけますので、友人という形を利用するのが最適ですね。

こういう相手は自陣に引き込まず、友好的や中間的な立場で支援する形がいいでしょう。

「はぁ、分かりました。分かりましたから、これ以上、わしの寿命を縮めるような真似はやめてくだされ。皆様、本当に申し訳ない」

ファイゲルさんがイニス姫様に代わって頭を下げる。

……胃の痛い立場ですね。

これじゃ、ポープリ学長といいこのイニス姫様といい、女性に苦手意識があって当然ですね。

私の旦那様がこうならなくて本当によかったです。

「さ、アマンダ殿のところに行って、手紙を渡して、さっそく竜を見に行こう‼」

……本当に凄い人ですね。

というわけで、隣の部屋のアマンダとエオイドの所へ突撃して、キスする寸前の2人を引っ張り出して、さっそく手紙を渡すイニス姫様。

アマンダは顔を引きつらせていましたが、私なら、吹き飛ばしているレベルです。

そんなことがありまして、その日のうちに、また兵舎へと戻ってきました。

「姫様⁉　な、何かあったのですか⁉」

イニス姫様はアマンダを後ろに乗せ、私たちの乗る馬車を置いて、単騎で駆けていきます。

ワイちゃんの面倒を見るために戻ったビクセンさんが、驚いてイニス姫様を迎えていました。

それは、お姫様が単騎で兵舎に向かっていたら、それは驚くでしょう。

「ビクセン、竜を見せてもらいに来た‼　ついでに空を飛びに来た‼」

「は？」

ビクセンさんは理解が追い付いていないみたいだ。

「ちゃんと竜騎士アマンダ殿もいるから問題ない。というか、お前と部下だけが空を飛んだと聞いたぞ‼　そんな羨ましいこと見過ごせん‼」

「あ、いえ。それは任務上仕方ないことなのですが……」

「そんなことはどうでもいい。私も空を飛びに来たのだ」

「さ、さすがに、姫様に危険なことをさせるわけには……」

「なんだ？　竜が危険と言うのか？　それとも空を飛ぶことがか？　今兵舎がこうして無事だ

し、ビクセンもぴんぴんしているのだから、どっちも問題ないと思うがな」

「私の一存では、許可が出せる内容ではありませんよ」

「そのことなら心配するな。ほれ、ファイゲル老師も来ている」

そう言って馬車からいそいそと降りている私たちに、ようやくビクセンさんが気が付きます。

ちなみに、イニス姫様と一緒に並走していた護衛の騎士は、見た感じ大丈夫そうに立っていますが、イニス姫様とビクセンさんの会話に入っていかないところを見ると、よほど疲れているのでしょう。わずかにですが、遠目からでも肩が上下しているのが分かります。

私がそうやって観察をしていると、ビクセンさんはファイゲルさんに慌てて近寄って話を聞きます。

「ファイゲル様。よろしいのですか？」

「……お主も分かっておろう。あれはもう止まらん。なるべくわしらが同行して、被害を最小限にするのじゃ。まったく、旅疲れが残る竜騎士殿や傭兵団のお客人を巻き込むなど……」

「護衛はどうするのですか？　竜の籠は安全ですが、姫様1人だけというのはまずいでしょう」

「そうじゃな。とりあえず、わしが責任者として姫様に付き添うことにする。ビクセンは竜が姫様の希望で空を飛ぶと兵舎の皆に伝えよ。間違っても攻撃するなとな」

「はっ。かしこまりました」

そうやって2人は、イニス姫様の暴走をフォローするために色々話し合っているのですが、当の本人は……。

「アマンダ後輩、竜のところに行こう‼　年寄りは話が長くてかなわん‼」

「え、え？　いいのかなー？」

アマンダは疑問に思いつつも、とりあえず、立場上一番偉い人のお願いですから断れるわけもありません。

その姿を見た旦那様が慌てて、2人の会議を止め、追いかけていきます。

旦那様をも振り回すとは、恐ろしい人です。

「これが竜か‼」

私たちがイニス姫様に追いつくと、彼女はワイちゃんを見て感激していました。

ワイちゃんは困惑しつつも、アマンダからの命令も特にないので、攻撃したりもしません。

私たちが来たのを確認して、こっそり旦那様に視線を送っていますが、旦那様は首をゆっくり横に振って諦めろと言っています。

「はい。ワイバーンです」

「ワイバーンか‼　遥か昔には、下位の竜種と言われていたらしいが、これで下位か‼　一個連隊、100人をもってしても倒せそうにないな‼　威圧感が半端ないぞ‼」

イニス姫様は目を輝かせて、ワイちゃんを眺めています。

しかし、そうやって興奮してはいますが、自ら手を伸ばそうとはしません。

そこら辺はちゃんとしているようです。

「あの、触ってみますか？」

「できるのか？　この手の配下になった魔物は主しか触れることを許さんと聞くが？」

「大丈夫ですよ。ワイちゃんはとても賢くて優しいので、触れられたぐらいで怒ったり暴れたりしません」

「ワイちゃんというのか。……いや、そういう名前を付けられるという精神こそ、アマンダ後輩を竜騎士にしたのだろうな」

いえ、名付け親はアスリンです。

というか、ワイちゃんの中の序列はアスリン＞＞私たち＞＞スティーブたち＞＞アマンダ＞エオイドになっています。

「ワイちゃん。私が触れてもよいだろうか？」

イニス姫様はしっかりと、ワイちゃんの目を見てそう言います。

本当に度胸のある人です。

そして、ワイちゃんはそれに応えるように、イニス姫様の腰の位置まで顔を下げます。

イニス姫様はそのしぐさに驚きつつも、ゆっくり手を伸ばし、頭を撫でます。

キュー。

そんなワイちゃんの鳴き声が広がります。

「なんと大人しい」

「ワイちゃんも気に入ってくれたようですね。このまま首に乗りましょう」

「なに？　落ちたりしないのか？」

「大丈夫ですよ。ワイバーンは首に乗せる人には特殊な力場を作って落下させないようにする力があるんです。鞍もつけていますし、手すりを持っていれば落ちることはありません。ほら」

そう言って、アマンダはワイちゃんの首に飛び乗り、両手放しでアピールします。

それを見たイニス姫様も、アマンダに続くようにワイちゃんの首に飛び乗りしがみつきます。

「……これが力場か。確かに、これは落ちる心配がない。なぜだかそう分かる」

「多分これが、竜騎士が活躍できた理由だと思うんですよ」

「確かに、竜に乗っているだけでは騎士とは呼べん。しかし、これなら武器を持って共に戦うことができるな。人馬一体ではなく、人竜一体というわけか。まさに竜騎士だな‼　さあ、アマンダ後輩、飛んでみてくれ‼」

「はい。行きますよ‼」

そう言って意気込む2人だが、ワイちゃんは空を飛ぼうとはしません。

「？」

２人は首を傾げていますが、ワイちゃんはそっと、私たちの方へ顔を向けてくれます。

「あ」

盛り上がるのは構いませんが、私たちを忘れてもらっては困ります。
イニス姫様も大概《たいがい》ですが、アマンダも乗せられすぎですね。
エリスが横でこめかみをピクピクさせています。
あとで、お説教ですね。
早くしないと、そろそろ夕方です。
まずは、空を堪能してもらって、お話はその後ですね。
色々忙しくはありますが、旦那様とまた空でのデートと思えば嬉しいものです。

第292掘：密談

side：イニス　アグウスト国　第一王女

「いや～、素晴らしかった‼　そうだろう、ファイゲル老師‼」

私は、今までにないぐらい興奮していた。

人が空を飛ぶなど、魔術をもってしてもわずかに飛ぶぐらい。

まあ、ポープリ学長などという人外は飛べはするが、それはどう考えても例外中の例外だ。

そして、竜を従えた竜騎士。これも例外ではあるが、人を乗せて飛べるという利点がある。

そのおかげで、私は空を飛んだ‼

ワイちゃんは賢く、私の希望通りに、より高く、より速く飛んでくれた。

あそこまで人の意を汲んでくれるとは、さすが、竜‼

あれを友とし、戦場を駆け抜けるのであれば、人竜一体‼

正真正銘の竜騎士だ‼

「左様ですな……」

しかし、一緒に空を飛んだはずのファイゲル老師はこうもつれない返事を返す。

まったく、年寄りはこれだからいかん。

「楽しいことは素直に楽しいというべきだぞ？　研究も究極的には楽しいことを追及していることにすぎんだろう？」

「それはそうですが、一応こちらにも段取りというものがありましてな。竜への騎乗も後日ちゃんと話を取り付ける予定でしたぞ？」

「何を言っている。その騎乗には私は含まれておらんだろう？」

「それは、当然ですな」

「そんな他人からの報告などあてにならん。これがただ優秀な馬などならよかったが、竜の総評を部下になど任せてなるものか。前代未聞の竜騎士の復活。それを陰謀渦巻く権力の中枢で正しく評価できる奴がいるか？」

「……姫様ならできると？」

「部下たちよりマシだろうさ。私にはこれ以上、上ぼりつめる立場などないからな。ある種の適任というやつだ。おかげで、無理を押し通せただろう？」

ま、興味を満たすのが一番だったが、こういう理由もないと、後々身動きがとれなくなるからな。

まったく、厄介な立場に生まれたものだ。

しかし、ファイゲル老師はまだ不満げだな。

仕方ない、適当に屁理屈でもつけておくか。

「権力云々もあるが、それ以上に、臣下というのは自国の力を大きく見積もりがちだ。隣国より実力が低いなど認められないし、事実でも隠さないと自国の基盤に関わる。そんな発言を部下ができると思うか？」

「……無理ですな。よほど肝が据わっていない限りは」

「だろう？　私と同レベルの将軍クラスですら、周りの評価が気になるのだ。あのワイちゃんに対して正当な評価ができるのは、臣下の中でも父上と一緒についていっているビクセンの元上司、魔剣使いのライナと、宰相のドストンぐらいだ」

当然、いないライナをワイちゃんに乗せて評価をしてもらうことはできんし、宰相のドストンはファイゲル老師までとはいかぬが、しっかり高齢。そして立場の仕事がとても多いので無理だ。

「はぁ、姫様の話は分かりましたが、私としては、一応諫めの言葉を言わなくてはいかんのですよ」

「分かっている。老師には迷惑をかける」

そう、ここまでのやり取りは、お約束的なものだ。

お互い、こういうやり取りは何度もしてきたからな。

「で、姫様はご自身で乗ってみてどうでしたかな？」

食えない人だ。

即座に切り替えて、視線は鋭くなる。

だからこそ、頼りがいがあるのだが。

「正直に言うと、あの竜。ワイちゃんだけで最低1000人は揃えないと倒せないな」

「ふむ。学府の教員レベルですか」

「最低だ。不意打ちか、1000人全員で攻撃して倒せるかどうかだな」

「それは、正直倒せないですな」

「だな。言いたくはないが、下手すると魔剣使いより上かもしれん。我が国のライナでも厳しいな」

「そこまでですか」

「そもそも攻撃が届かん。それが第一の難点。第二に、竜には騎乗者を守る特殊な魔術がある。これは、騎乗者を守るためのものだから、弓などが通る、などと淡い夢を見るのは甘かろう。そして最後に、何より竜自体が凄く賢いということだ。騎乗者の意を汲んでくれるし、まずいと思ったら、自力で判断できる。竜騎士だけを挑発して地上戦に引きずり下ろす。などという作戦はまず成功しないだろうな。万が一、主を誅殺したからと言って、我らに従うとは到底思えない。あの竜にはちゃんとした忠義、心がある。馬にも心はあるが、あの竜は別格だ。ただの動物、魔物と思っている奴は、すぐに手痛いしっぺ返しを食らうだろうな」

伝説の竜騎士とはよく言ったものだ。

あれだけで、下手すると一国を落とせる可能性がある。

ジワリジワリと、上から敵を削っていけばいいし、こちらはあの移動能力のおかげで昼夜なく警戒しないといけない。

「ワイちゃんの攻撃手段は分からんが、おそらく、竜のブレスというモノがあるだろう。都合よくこちらに接近戦を許すとは思えんな」

「確かに。文献では竜は炎の息を吐きますしな」

「というか、学府が管理している魔物の森でもブレス系を吐く魔物は普通にいただろう?」

「いますな。ブラックウルフが炎、アイスバードが氷、サンダーバードに至っては雷」

「厄介だったな。それがあの竜の個体からだ。サイズがひと回り以上も違うのに、威力が同じぐらいとみるのは甘いだろう」

「その通りですな。そして、あの運搬能力もとんでもないですな」

「ああ。私や老師、そしてアマンダ後輩は当然として、籠に10人以上運んであの速度だ。軍としては喉から手が出るほど欲しい、が、無理だな」

「無理ですな。手を出せばクソババアが飛んできますな」

「文字通りな。そうなれば、竜と連携されてズタズタにされると思うぞ。ということで、これが私の評価だな。後日、選抜した部下が竜の評価を下す時の参考にしてみるといい」

どこまで本当のことを言えるかな?

愛国心は嬉しく思うが、立場のために戦力を見誤るのは正しいことではないぞ。

「さて、今度はこちらから聞こうか。老師から見て、客人たちはどう見えた？」

「ファイゲル老師には特殊なスキルがあるらしく、私のステータスが見えるそうだ。

これは、アグウスト国の中でも、ごく少数しか知らないことであり、自国にとっては竜騎士アマンダと同じぐらい重要人物である。

老師のスキルは非常に利用価値が高く、敵の情報を探ることに関しては群を抜いている。

「そうですな。竜騎士アマンダ殿自体はそこまで強くありませんな。よくて姫様ぐらいです」

「どこが、そこまで強くないだ。私レベルがそうそういてたまるか」

「学府には山ほどいるでしょう？　学府の教員相手に勝てますかな？」

「……それは相性による」

学府の教員というのは、ポープリ学長から引き抜きを受けた人物だ。

私も当時シングルナンバーではあったが、それでも教員には簡単にあしらわれるほどの力の差があった。

まあ、今思えば戦術の組み立ての問題だと思うので、次の機会があるのならばそうそう負けはしないと思う。

「相性……そうですな。私もよくて教員4、5人がせいぜいです。加えてあのクソババアが後ろに控えていますからな」

「学長に勝てるとは到底思えんな。ふむ、アマンダ後輩の実力はその程度か。いや、あの年でその才能。素晴らしいというべきだな」

「ええ。竜騎士の件がなければ引き抜きをかけるところですな。ですが、私がそこまで強くありませんと申したのは、そういう意味ではありませんぞ」

「……どういうことだ？」

「竜騎士アマンダ殿と、その夫、エオイド殿はあの中で最弱とだけ申しておきましょう」

「はぁ!?」

私は思わず声をあげた。

いや、竜騎士アマンダの護衛役としてついてきたのだから、それなりの強さだとは思っていた。

しかし、あの中で、アマンダ後輩が最弱とは思わなかった。

「何を言っている。確かに、団長のユキ殿、それを囲む女性たちが強いのは私でも分かる。しかし、サマンサ殿やクリーナはまだ学生だぞ？　アマンダと同じぐらいではないのか？　ほら、小さい子供たちもいたではないか、あの子たちも、などと言うのか？」

「はい。文字通りあの中でアマンダ殿とエオイド殿が最弱ですな。クリーナの実力はその目でも見たはず。ただのファイアーボールがあそこまでの火力になったのですぞ？　姫様にあの火力が出せますかな？」

確かに、老師の意見もあって、実力を測るための戯れを許し、それを見学していたが、あの威力はそうそう出せるものではない。

……私自身がよく分かっている。

「まあ、姫様もお分かりのようですが、何かあったとみるべきですな。それでクリーナの実力が爆発的に伸びた。底は分かりませんが、下手すると私ですら厳しいかもしれません」

「……どういうことだ？　老師は相手の強さが分かるのでは？」

「だいぶ前に話したと思いますが、実力が離れすぎている場合、相手の強さが見えないことがあると言いましたな」

「ああ、ポープリ学長がそうだったな……まさか」

「ええ。アマンダ殿、エオイド殿以外、まったく強さが把握できませぬ」

「傭兵団どころか、サマンサ殿やクリーナもポープリ学長と同等かもしれないと？」

「はい。ですから、ジルバ、エナーリアの両国が、わざわざ王家の血筋を引いているなどと適当なことを言って支援の体制に回ったのは……」

「傭兵団を敵に回さないためか」

「そう見るべきでしょう」

「まったく、こっちが本命か」

私は紅茶を飲みなおす。

すっかり冷めてしまっているが、渇いたのどを潤《うるお》すのにはちょうどいい。

「本命……そうでしょうな。竜騎士アマンダ殿の護衛として、学長が頼み込んだぐらいですからな。すでに、学府をも後ろ盾に持っていると思っていいでしょう」

「それだけではない。本来関係のないサマンサ殿もついて来ていることから考えて、ローディも何かしらあの傭兵団と繋がりがあると言っていいだろう」

3大国と学府の後ろ盾を得ている傭兵団だと？

いったい何をすれば、そんなことが実現可能になる？

普通ならばどれかの国に取り込まれるはずだ……。

いや、しかし、老師の言う通り1人1人がポープリ学長と同レベルなのであれば、到底押さえられるものではない。

魔剣使いを超えると言われている学長と同レベル。

ヘタに取り込もうとすると、手痛い被害を受けると判断したのか？

しかし、そんな実力があると、どうやって判断した？

老師のようなスキル持ちが各国にいるとは到底思えない。

いや、実力を把握するような噂があったな……。

「……確かジルバでは王城に殴り込み、エナーリア襲撃では強力な魔物を倒したなどという眉唾な話があったな」

「ありましたな。まあ、私の私見ですが、全部事実だったということでしょう」

「てっきり、ジルバの方は流言、エナーリアの方は自国の戦力は強いという宣伝だと思ったぞ」

「ああ、なるほど。姫様の言う通りですな」

なぜか老師は私の話に同意をする。

「いや、全部傭兵団が行ったというのが事実ではないのか?」

「結局そうなったのですよ。今や傭兵団はジルバ、エナーリアの遠縁の血筋ですから、ジルバ王城殴り込みも身内が起こしたことになりますし、エナーリア襲撃も身内が強力な魔物を倒したということになります」

「ああ、なるほど」

私も老師と同じような返事をしてしまった。

だが、確かにその通りだ。

事実を捻じ曲げるのではなく、そのままでいいように配役の立場を変えたのか。

ジルバ王城殴り込みはあったかもしれないが、身内が起こしたことだし、流言になる。

エナーリア襲撃も今や身内、自国の戦力で倒したことになるから、宣伝としては間違っていない。

「しかし、そういう対応をせざるを得ない相手ということか。あの傭兵団は」

「ですな。制御できないと、目の前でまざまざと見せつけられたのでしょう。だから首輪、といっても効力はほぼないでしょうが、身内という継承権のない立場を与えたのでしょう。そうしないと、自国の評判は地に落ちますからな」

「それはな。ただの傭兵団に、片や王城に殴り込みをされ、片や王都襲撃を防いでもらった。属国や近隣諸国は好機と見て、旗を揚げるだろうな」

現在存在する5大国と亜人の国1つが、この大陸の最大国家である。

しかし、それは武力や治世だけで保たれているのでない。

それらを証明する権威があってこそなのだ。

舐められては、実力があっても相手は言うことを聞くわけがない。

その権威を保つために、傭兵団を身内にするなどといった、突飛な行動に出たのだろう。

「しかし、そんな強力な傭兵団の噂はまったく聞いたことがないぞ？」

「それは私の方から聞きました。彼らは傭兵団といっても、諸国を旅し、色々な文献を見て、財宝を探すタイプのものです。華々しい戦果というのはなかったのでしょう」

「ああ、そういえばそんなことを言っていたな。だが、あの強さはどこで手に入れたのだろうか？」

「さて、それだけは見当もつきませんな」

そして、少しの間、またお互いに紅茶を飲んで一息つく。

外はすでに暗くなり、星が爛々と輝いている。

「そういえば、客人たちは食事か？」

「ええ。アグウストの料理が楽しみだと言っていましたな」

「ふむ。今のところは敵意もない。そんな相手にピリピリしても逆に警戒されるか」

「そうですな。なるべく平然と、いつものようにお相手するのが一番ですな」

いつものように……か。

「なら、明日から私が傭兵団の相手をしよう」

「それは……」

「構わんだろう。表向きは飾り物かもしれないとはいえ、ジルバ、エナーリア両国王族の血縁者だ。私が対応せねば、２か国や学府から突き上げをくらう可能性もある」

「……可能性は十分ありますな。しかし、アマンダ殿はどうしますかな？」

「それなら、一緒に同行してもらえばいい。ビクセン曰く、街を案内する約束をしたとかなんとか。それを私が代わって案内する。立場上、ユキ殿たちはアマンダ殿の護衛だ。一緒に行動することに文句は出まい。当初の予定なら、護衛と引き離して色々調べたりする予定だったが、護衛役の方が重要だとは、まったく厄介な」

「陛下がいない時に、厄介なことが起きましたな」

「ああ。しかし、父上も何でこんな時に地方の視察など。最前線でもあるまいに」

「……何かお考えあってのことでしょう。魔剣使いのライナもついていますし、そうそう問題は起こりますまい」

「それが問題なのだ。地方にわざわざアグウスト最強戦力の1つを連れて行ったのだ。その代わりに私を国境から呼び戻したのだぞ？」

「……姫様。それって結婚相手を見つけろという話ではないですかな？」

……そういえば、何か言伝で見合いが何とか言っていたな。

私が目を逸らしたのを、老師が見逃すわけもなく。

「はぁ、姫様が最前線で上に立つ者としての役割を果たしたいという気持ちも分かりますが、それよりも、国を残すのは、王の血筋を絶やさぬことですぞ？」

「わ、分かっている。しかし、気に入る相手がおらんのだ」

「お見合いの話はまったく聞きませんが？　どうせ、竜騎士来訪の話を聞いて、適当に後回しにしたのでは？」

「ち、違うぞ。ちゃんと見合いの準備は進めていた。相手のことをちゃんと調べていたのだ!!」

そう、見合いの手紙はちゃんと執務室の机にまとめてひもで縛って、棚に放り込んだ。なくさないように!!

「では、お相手は誰ですかな？」

「そ、それは……公爵だ」

「どこの公爵の息子ですかな？」

……知らん。

「はぁ、竜騎士や傭兵団の件よりも、こっちの方が問題ですな」

「何を言っている。弟が王位を継ぐのだから、何も問題はあるまい」

「どこの国に行き遅れを推奨している王族がいるかい‼」

「い、行き遅れと言ったな。老師‼」

「まったく。私の娘ですら男を見つけたというのに。ペッタンコのあの娘がですぞ」

「ぐっ」

確かに、他の友人たちは普通に結婚したと話が来る。

学府での親友と呼べる者たちが今や一児の母、などというのは当たり前だ。

……本当に私は行き遅れているのか？

いや、そんなはずはない。

スタイルだって、こう胸は大きく、腰は締まって、お尻も出ている。

十分女性の魅力に溢れているはずだ……。

じゃあ、なぜ私は結婚できていない？

「出会いがないだけだ‼　そうだ、そうに決まっている‼　だから、この件が片付いたら見合いは積極的に受けよう……」

「おお、その気になってくれましたか」

「だが、その前に、ちゃんとこの件を片付けないといけないので、まずは明日の予定を、アマンダ後輩やユキ殿たちに伝えてこよう。そうしよう‼」

そう言って、私は部屋から飛び出す。

「あ、逃げた⁉」

いや、これは決して逃げたのではない。後ろへの前進なのだ‼

第293掘：こっちも密談

side：サマンサ

「なあ、サマンサ。姫様自ら、街の王都の案内をするほどのことか？」

私はユキ様にそう聞かれます。

ああ、凛々《りり》しいお顔。

そのまま近づかれると、キスしたくなります……。

でも、今求められているのは、私の愛ではなく、私の知識。

その役目も果たせぬまま、ユキ様の愛を貰おうなど、ただの愚物。

そのようなこと、たとえユキ様が許しても私が自分自身を許せません。

愛とは、ただ貰うだけでなく、お互い与え、そして支え合うのです。

「サマンサ？　大丈夫か？」

「あ、はい。申し訳ありません‼　少し見惚れていました」

「……そんな大層な顔じゃないと思うけどな。で、そこはいったんおいて、姫様の案内ってのはあると思うか？」

「いえ。そうそうあるとは思えません。一応、ユキ様はジルバ、エナーリア両王家の血筋を引いているという建前があるとはいえ。今のイニス姫様は国王陛下の代わりなのです。この場合は相手が血筋を引いていようが、王位継承権があろうが、結局はただそれだけなので、今現在、国の王の血筋である人物とは、立場が天と地ほどに違います。血筋や王位継承権で言えば、それは私だってそうなのですから。これでも公爵家、王家の分家ですから」

「そうだよな。ということは、本当におバカか、こっちの情報を精査して直々に様子を見るべしと考えたかだな」

今は、夕食が終わり、与えられた部屋でのんびりしつつ、先ほどイニス姫様が夕食に乱入し「明日の王都案内を務める」と宣言したことについての話し合いをしています。

「ついてきていたファイゲル様はペコペコ謝っていましたわね。クリーナさん、ああいうことは普通なのでしょうか？」

「……あれは師匠の十八番。暴走する姫様の後始末で頭を下げるのはよくあると昔から聞いていた」

『ふうん。クリーナの話が本当なら、それ完全に探りを入れているわね』

コール越しに会話に参加しているセラリア様がそう言います。

腕にはサクラとユーユがいて、とても可愛らしいです。

いつか私も自分の子供を抱くと思うと、幸せすぎです。

「セラリアはそう思うか」

『ええ。というか、この場合は、そのイニス姫が馬鹿という方向は捨てるべきね。何か目的ありきで行動していると思った方がいいわ。そもそも、本当に馬鹿で阿呆なら将軍職になんかついていないわよ。そんなのを上につけると戦力をすり減らすだけ。個人の部隊を持たせての遊撃隊の方が使いやすいわ』

セラリア様はもともと将軍閣下だったらしく、こういう関連のことはとても鋭く優秀です。

「セラリア様の言う通りだと思います。本当にお転婆なだけのお姫様なら、それに越したことはありませんが、それを前提に持ってくるのは間違いでしょう。何かあっては遅いのですし、注意は払っておくべきかと思います」

「それが妥当か。しかし、予定ではビクセンさんの案内で王都観光をしつつ、適当にダンジョンを作って直通ルートを作ろうかと思っていたんだがな……」

『それは無理そうね。案内がお姫様なら、お忍びの護衛もいるでしょう。下手な動きはしない方がいいわ。まあ、お姫様と知り合ったのを利用して、物件を紹介してもらう方がいいでしょうね』

「それは監視してくれって話にならないか？」

『それはそうでしょうけど、ないよりはマシでしょう？　今あるアグウストとの直通ルートは

兵舎の真下よ？　王都内にある方がいいでしょう？』

「確かに王都に拠点があるのはやりやすいが、色々ばれる可能性もあるんだよな。ばれると非

常に厄介なことにしかならないし……」

確かに拠点は必要ですが、私たちウィードが持つ技術が知られたら放っておくはずがありません。

ヘタすると暗殺者を向けられるほどの脅威です。

「師匠の家は？」

「クリーナのお師匠、ファイゲル様は私から見た感じ、アグウストの忠臣という雰囲気が漂っていますわ。それは悪いことではないのですが、良かれ悪しかれ、報告されてしまいそうです」

「俺もそれは同意だな」

「それなら、当初の予定通り、師匠を物で釣って指定保護下に置けばいい。それなら口止めもできる」

「どうでしょう？　やってみるのはいいですが、私たちはイニス姫様が常に一緒ですから、その会話に持っていけそうにないですわ。そもそも、下手すればアグウストへの裏切り行為になりかねません。ファイゲル様がそんな提案を受けるかどうか」

「ファイゲル様は思ったより忠誠心が高そうなので、こちら側に引き込む、こちら側だけに有利な状況にはできない気がします。

クリーナさんの言う研究一筋の人物というのは、あえて作って見せていると思えます。

『なら、同時に色々やってみたらどう？　兵舎の方からは少し離れた場所に出口を作って、アグウストが知らないメンバーをやって、別ルートで拠点を手に入れさせて、お姫様の案内での物件も手に入れる。そして、クリーナの師匠の懐柔も行う』

「それが安全だな。じゃ、ミリーと霧華で、明日はアグウスト王都の拠点を確保してもらおう。ミリーがリーダーで、霧華はサポートな」

『分かりました』

『承知しました』

「クリーナは明日、ファイゲルさんを連れて家で交渉してくれ。俺たちが姫さんを引き受けるから、その間に色々やってみてくれ。交渉に使っていいアイテムの内容はナールジアさんやラッツ、エリスと相談すること。こっちだけに有利なんて内容は受け入れそうにないからな、向こうにも有益なことを提示すれば、頷く可能性も高くなるだろう」

「ん。分かった」

『はい。どんなアイテムがいいですか？　色々ありますよ』

「ナールジアさん、お手柔らかにお願いしますよ。こっちではナールジアさんの作るアイテムとか伝説レベルですから」

「そうですね。そこら辺の調整を誤るとそれだけで騒ぎになりかねません。クリーナ、ラッツ、私は、さっさと戻って話し合いに行くべきね。ユキさん、いいですか？」

「ああ、頼む。話がまとまったら、報告をくれ」

「はい。分かりました。じゃ、戻るわよ2人とも」

「ん。わかった」

「お先に。皆、また向こうでー」

そう言って、テキパキとやることを決めて、対応を怠らないユキ様。

カッコいいです。さすがは、神から認められし人!!

私も妻として、しっかりユキ様を支えていかなくては!!

「さて、残るは明日の姫さん案内の王都観光だが……。なあ、サマンサ。アグウスト国特有の習慣とか文化、礼儀関係はないか？　これをするとまずいって言うのは？」

「……いえ。特に思い当たりはありません。しかし、相手はイニス姫様ですし、王族相手の礼儀で文句を言う臣下がいるかもしれません。ファイゲル様はクリーナさんが引っ張るのですし、理解ある方が王都案内の付き添いに来てくれると助かるのですが」

「ああ、まあ定番だな。そういえば、そこら辺の情勢はどうなんだ？　王都の街並みを見る限り、そこまで荒れてはいないように……平和に見えるが」

「私の知り得る限りは特に問題はないようです」

『そう。なら、あとはミリーと霧華が明日独自に探りを入れるべきね。変なことでトラブルに巻き込まれるのは嫌だし』

「そこら辺の詳しい話を手に入れるのは大事だな。ミリー、霧華、聞いた通りだ。明日は拠点を探しつつも、お国情勢の情報も集めて来てくれ」

『任せてください』

『はい。分かりました』

「あと、トーリ、リエル、カヤはタイキ君たちと一緒に学府の警戒な。魔物の増殖や強力な個体がいつ出てきてもおかしくない。油断だけはしないように。ポープリとララはいつもの通りに学府運営を頼むよ」

『『『了解』』』

ユキ様はそう言うと、今部屋にいる皆を見回し、間を置いて口を開きます。

「残りのメンバーは王都観光をしつつ、図書館で調べ物だな。聖剣使い関連、魔力枯渇関連の本があるといいけどな」

『そうね。聖剣使いたちは頑なだし。まったく情報がないのよね』

「まあ。まだ捕まえて10日そこらだ。そう簡単に口を割るなら、最初から世界を滅ぼそうとか言うわけねぇよ」

確かに、聖剣使いを捕まえて、まだ1か月も経っていません。

そんなことで口を割るなら、最初から世界をどうこうしようなどとは思わないでしょう。

でも、不思議です。

魔力枯渇関連はともかく、すでに聖剣使いはすべて捕まえているのですから、もうそっちの方向は心配しなくてもよいのではないでしょうか？

「紛失している残りの聖剣。その行方が分からんからな。どこで火の手が上がるか想像がつかん。魔力枯渇関連も、聖剣使いたちが言う『彼女』がどこで亡くなったかも不明だ。ピース曰《いわ》く、俺と同じように侵入対策で、転移トラップで繋げた孤立した空間だったらしいからな。詳《しょう》細《さい》がまったく不明だ」

ああ、そういうことなのですね。

残りの聖剣が行方不明。

ユキ様が言うように、かなりの不安の種ですわ。

『スィーアやキシュアは、最近ぽつぽつと喋り始めているけど、どれもピースと同じような情報なのよね。肝心のところはさっぱり』

確かそのお2人はエナーリア聖国、我がローデイ国の祖でしたね。

正直、信じられないといった思いがあるのですが、ユキ様が嘘をつくわけがありませんし事実なのでしょう。

ですが、私が聞いた限りでは、どう考えても為政者の思考ではありません。

裏切られたというより、流れに逆らいすぎた印象が強いです。

失礼ではありますが、なぜこのような方たちが一時的とはいえ、国のトップになれたのか不思議でなりません。

「そこら辺は、じっくりいくしかないだろう。6大国のうち4か国は、すでにダンジョン経由で簡単に移動ができるから、何かあってもそれなりに対応ができる。亜人の国もここの交渉や予定が終わり次第、サマンサの親父さんの伝手《つて》で行く予定だし、残り最後の1つもジルバの友好国だ。足元は固め終わるから、本番はそこからと思った方がいいな」

『今までは上手く進みすぎていたって感じかしら?』

「だな。前も言ったが、こうやって歴史を振り返るとか、環境問題を改善するためには莫大な時間と情報収集がいるんだよ。気長にやるしかない。幸い、重要拠点は押さえて、俺たちが目立たないようにお偉いさんとの繋ぎもできている。ある意味順調だろう」

なるほど。そういう考え方もありますわね。

しっかり、足元を固めて目的に挑む。

言われれば納得ですが、それを本当に行うのは難しいものです。

私だって、次への手がかりがすぐ見つかると思っていましたから。

「雑学、飯の種と言ってあるから、図書館通いに文句は言わないだろう。調べ物のローテーションは決めておかないとな。あ、この国から俺たちが出た後でも調べられる態勢は必要だから、一般からの図書館を利用するための方法も聞いておかないといけない」

そして、そんなことを話していると、不意にワイワイやっていたアスリンが私の膝上に倒れ込みます。

「アスリン、どうかいたしましたか？」

私もクリーナさんも、アスリンとフィーリアは可愛い妹みたいなものです。

皆が癒しと言われる理由はよく分かります。

あの無邪気な笑顔は色々殺伐《さつばつ》とした日々を送っていた私には陽だまりと言ってもいいぐらいです。

ほっこりするような、気持ちよい日差しの中にいる感じがするのです。

「あ、サマンサお姉ちゃんごめんなさい。少し、眠く……」

アスリンはそう返すとスヤスヤと寝てしまいます。

もう、日が落ちてずいぶん経ちますものね。

普通なら、もうお風呂に入って寝る時間です。

「あ、ユキ様。アスリンのお風呂とか、ご飯はどうするのですか？」

そう、ここで食事はしましたが、あくまでドッペルの栄養であって、アスリン本物の体が栄養を取ったわけではありません。

もちろん、お風呂も入っていません。

「んー。これが家なら起こすんだけど。まだまだ、細かいところは話し合わないといけないからな……」

気が付けばユキ様の膝上にはフィーリアが頭を載せて寝ています。

……妹同然の相手に羨ましいとか思いませんわよ？

「それなら大丈夫よ。私たちがいるから、起きたらご飯とお風呂にいかせるわ」

「そうですね。そこは任せてください」

そう言うラビリスとシェーラ様はアスリンとフィーリアよりちょっと年上の姉みたいな感じで、こうやって2人の面倒をよく見てくれます。

どちらとも、それなりの教育どころか、片やユキ様の代わりにダミーのダンジョンマスターを演じ、片やガルツ王族の姫です。

不十分どころか、私の方が身分も立場も低いという凄い状況です。

いいえ、それを言うのならば、女王陛下やリテアの聖女様などと比べれば、本当に私の生い立ちは中途半端です。

ですがそのような高貴な生まれの方々も、私と仲良くしてくれます。

共に夫を支えるため、私も意見をどんどん言って皆の力になろうと心の底から思います。

そんな決意を新たにしていると、ユキ様は思い出したように、口を開きます。

「そうか、頼むよ。じゃ、俺たちもさっさと終わらせて、戻って、ご飯食べてお風呂入るぞ。お風呂抜きとかいやだろ？」

「「嫌です!!」」

お風呂抜きなんてあり得ません!!

肌の手入れや髪の手入れを怠るなど、女として、妻として失格でしょう!!

と、夜更かしも天敵です!!

……時計はすでに10時を回っています。

早く話を終えなければ!!

第294掘：火の粉舞い上がる

side：エリス

「ふむ。まあ、そういうことなら構わんぞ。姫様のお供は他の人に任せることにするわい」

クリーナの師匠、育ての親であるファイゲルさんはそう言って、当日、家への訪問を認めてくれました。

「さすが、エリス師匠。あっさり師匠が受け入れた」

クリーナは私のことを褒めてくれるが、特にたいしたことはしていない。

昨日、学長を破ったというクリーナの話に食いついていたから、そこから興味を引いて、研究の意見が欲しいという話をして、ファイゲルさんの自宅で色々やろうと言ったのだ。

研究の一環だから、こういうのは人前でやるものでもないし、信頼や、実力を認めた相手にしか研究成果というのは開示しない。

なので、イニス姫様はこちらには関わらず、ユキさんたちの王都案内と図書館での調べ物についていきました。

今のところは概ね予定通りですね。

と、クリーナにこのやり方の説明でもしましょうか。

「話の流れというのがあるから、そこを掴むといいのよ」

そう、話の流れ。

まあ、戦闘で言う呼吸といいましょうか、そんなのが交渉話にもあります。

その主導を掴む、いや握れば色々やりやすくなるのです。

「話の流れを掴むのは、商売だけじゃなく交渉事にも使えますから、覚えておいて損はないですよ」

「ん。勉強になる。ラッツ、時間が空いたときに教えてほしい」

「任せてくださいな」

道中、ファイゲルさんの背中を追いかけつつ、そんな話をしている。

現在、私たちは昨日話した通り、ファイゲルさんへの懐柔を進めるために皆とは別行動をとり、ファイゲルさんの家へ向かっています。

イニス姫様はユキさんたちと一緒に動いており、ミリーや霧華はすでに王都に潜入して色々活動を開始しています。

「しかし、なんだかやたらと高そうな屋敷が多いですね」

「そうね。貴族が住む区画かしら？」

王城を抜け、中央広場と思われる場所で別れたのだが、そのあと私たちの道からは人が少なくなり、たまにすれ違うのは、高そうな服を着ている貴族らしい人と、見回りであろう衛兵だけです。

「ん。その通り」

「ですな。私はもともと貴族というわけではありませんが、学府での成績や研究成果を認められて、アグウストで貴族の位を貰い、この、貴族しか住めないような場所に居を構えさせてもらっていますな」

「その話からすると、元は別の国のご出身ですか？」

「ええ。もともとはジルバの田舎の生まれですな。色々あって魔術師を目指していたところに、学府の存在を知って入学に踏み切ったのですよ」

「ジルバへ戻ろうとは思わなかったのですか？」

「どうでしょうな。当時、声をかけてくれたのがアグウストの陛下でしたから。感激で祖国のことなど忘れていましたな。あとは、ジルバとアグウストは真っ向から対立もしていませんでしたからな。特に悪感情はなかったのですよ」

なるほど、自分の才能を認められて勧誘されたなら、敵対国でもない限りは話を受けるでしょうね。

その方が生活は安定しますし、周りにとっても自慢になるでしょうから。

そんなやり取りをしながら進んでいると、ある家の前でファイゲルさんが立ち止まります。

「ここが、私の家、そして研究所ですな」

そう言うファイゲルさんの後ろにあるのは、3階建てぐらいの本館と、2階建ての別館がある大きい屋敷です。

「あちらの2階建ての方が研究所ですか？」

「はい。お分かりになりますかな？」

「研究には失敗がつきものですから」

分かりやすいぐらい焦げていますからね。

ウィードではザーギスがよくやらかして、私が修繕費用を減らすと脅《おど》していますが。

まあ、この手の新技術に爆発はつきものだとユキさんも言っていますが、今のところは口頭注意ですが、今以上に酷くなるなら、荒野に掘っ立て小屋でも作ってそこで研究させようかと思っています。

「ふむー。さて、そう言えば、研究の話などでしたな。本館でしますかな？　それとも別館の研究室の方がよいですかな？」

「師匠。私たちは家でくつろぐのが目的なわけではない。研究室でいい」

「はい。クリーナの言う通り研究室で構いませんよ」

「ですね。本館だとお手伝いさんとかもいますし、あまり他の人の耳には入れたくないことですから」

「そうですな。お互いの研究の話ですし、研究室の方がいいですな」

そして、お屋敷の管理をしているであろうメイドさんに声をかけてから、研究室へ入っていきます。

中はザーギスといい勝負なぐらいに、散らかっていました。

研究者というのはこんなものなのでしょうか？

「……相変わらず散らかっている」

「これは無秩序《ちつじょ》に見えて、実際はちゃんとした配列の下にな……」

「それは何度も聞いた。師匠だけが分かっても意味がない。周りにどう見えるかが問題。とりあえず、エリス師匠とラッツはあの椅子に座って」

クリーナはそう言いつつ、テーブルの上を片付け始める。

広さ自体はあるので、足の踏み場がないというわけでもないのだが、棚やテーブルの上には資料や素材やら色々置いてある。

ファイゲルさんも一緒になって片付けています。

私とラッツは研究室で勝手に動くわけにはいかず、２人が片付けをするのを見守っています。

「そう言えば、お兄さんたちから連絡はきましたか？」

「ええ。問題なく、軽い王都観光が終わって、王都の図書館で調べ物をしているらしいわ」

「観光をしっかりしていたら、調べ物をする時間なんてないですからね。あと、お姫様が案内ですし、周りもさっさと終わってくれる方へ誘導したのかもしれないですね」

「そうかもね。お国の姫君がのんびり城下街を歩き回るとか、警護の関連で絶対してほしくないことだわ」

私たちがそういう話をしていると、片付けが終わったのかクリーナが飲み物を持ってきた。

「ん、待たせた。これを飲んで一息ついて」

「ありがとう」

「はいはい。いただきますね」

「クリーナの茶とか久々じゃな。ん、可もなく不可もなくじゃな」

「……中途半端な感想は要らない」

軽くそんな話をしつつ、お茶を飲んでいると、メイドさんらしき人が部屋に入ってきます。

「ファイゲル様」

「どうした？」

「王城からお呼び出しがかかっております。即座に来られるようにと」

あら、これから色々話そうかと思っていた時になんでしょうか？

「即座にか、すまんなお客人。何やら問題が起こったらしい。話はまた後日で構わんかね？」

「ええ、大丈夫ですよ」

「はい。じゃ、私たちはお兄さんと合流しましょうか。ここで厄介になる理由もありませんし」

「ん。ユキと合流しよう」

そう言って、私たちがすぐに屋敷の門でファイゲルさんと別れます。

呼び出しはかなり急を要しているようで、門前には馬車がすでに待機していて、ファイゲルさんを乗せたら即座に走り去っていきました。

「こんな呼び出しなんて珍しい。記憶にない」

「本当に何かあったみたいね」

「お兄さんたちの方も何か動きがあったかもしれません。コールで聞いてみましょう」

ラッツは周りに人がいないのを確かめて、魔術での隠ぺいをした上でコールをします。

「もしもし、ジェシカ。今いいですか？」

『あ、はい。こちらも連絡をしようと思っていました』

「そちらも？」

『ええ。イニス姫様が王城に呼び戻されたのですよ。そちらは何か問題はありませんでしたか？』

イニス姫様も呼び戻されましたか。これはかなり大きい問題が起こっていると見るべきでしょうか？

「こっちは、ファイゲルさんが王城に呼び戻されましたね。わざわざ馬車を使ってまで特急で」

『そっちもですか……なら、王子様の急病というのは怪しいですね』

「お姫様の呼び戻し理由は、王子様の急病なんですか？」

『ええ。たぶん急用だけじゃ、きっと戻らないと思ったのではないでしょうか？』

「ああ、ありそうですね」

確かに、イニス姫様はかなりはっきりした真っ直ぐな性格だから、確固たる理由がないのに、自分から言い出した案内を放り投げることをよしとするわけがないですね。

「そういえば、皆は図書館ですか？　それとも一緒に戻っているんですか？」

『図書館に残っていますね。一応、案内の兵士が付いていますし、戻るときには何も問題はありません。イニス姫様も私たちが途中で調べ物を切り上げさせるのは心苦しかったみたいですし、残って調べ物をしつつ、情報を集めて、連絡を取っている感じです』

「じゃ、私たちも図書館に向かいますね」

『はい。お願いします』

話を終えて、私たちはクリーナの案内の下、図書館へと足を進めます。

「しかし、お姫様、宮廷魔術師顧問を呼び出すとか、よほどのことがあったのでしょうね」

「ん、よほどの事態だと思われる。王子が重傷を負ったとか」

「そういう可能性もありますね。急病でなく重傷なら事故や事件などから色々事後対策をしないといけませんし。と、あれビクセンさんですよね？」

ラッツがそう言って指を指す。

その先には、確かにビクセンさんと思われる人が、慌てて王城に向けて走っていた。

「ビクセンさんも呼び出されたのでしょうか？」

「分からない。でも近衛の副隊長だからあり得なくもない」

「ここで考えても仕方ないわ。街の情報はミリーたちが集めているし、私たちはさっさと図書館に行って、ユキさんたちと合流しましょう」

何やら、変な感じがする。

とりあえず、ユキさんたちと合流して事態の把握に努めた方がいいかもしれない。

クリーナの案内もあって、特に迷うこともなく、図書館に利用料を払って中に入ることができた。

あとは、中にいるユキさんたちを探すだけ……。

「あ、エリス。こっちです」

辺りを見回す前に、ジェシカとデリーユが迎えに来ていたみたいで、すぐに声をかけられた。

でも、周りにはそれらしい人の塊《かたまり》はありません。

「姫様と一緒に来たせいでな、幸か不幸か一室を貸してもらえたのじゃよ」

「「ああ」」

私たちは全員同時に納得した。

それはお姫様が来たのに、一般と同じ場所なんてどちらとしても迷惑だ。

図書館管理側としても、一般客としても……。

「ある意味、好都合じゃよ。おかげで、お付きの兵士は部屋外で待機じゃからな。秘密の話をするのはこっちとしてもやりやすい」

デリーユはそう言いつつ、図書館の奥にある閲覧室へ向かい、部屋で見張る兵士に声をかける。

「連れはちゃんと来たようじゃ。心遣い感謝するぞ」

「はっ。ご無事でなによりです‼」

「今、椅子を運んでもらうように言っていますから、それが来たら座って警備をお願いします」

ジェシカはどうやら、直立不動で私たちのお付きに残った兵士に気を遣っていたようだ。

確かに、どうせ監視も兼ねているでしょうけど、成果が上がるわけでもないし、このまま数時間立ちっぱなしかもしれないというのはかわいそうだ。

「いえ、そのようなお気遣いを……」

「いえいえ。もう頼んでしまいましたし、あなたが立派に務めを果たしているのはちゃんと知っています。こちらも調べ物がすぐ終わるわけでもないですし、一緒に中で待ってもらってもいいのですが」

「それはご遠慮いたします。それでは、兵の務めを果たせません。椅子の件はありがたく使わせていただきますので、どうぞお調べ物をしてくださって構いません。何かあればまたお話しください」

真面目ね。

ジェシカにわざわざ、中に入る？　なんて聞かれたら、こんな真面目な兵士は絶対に入らないでしょう。

そんな感想を思いつつ、部屋の中に入ると、テーブルの上に本は積まれているものの、本を開いて調べ物をしている人はおらず、ユキさんの周りに集まってコール画面を見つめている。

「何か情報が来たのですか？」

「あ、エリスたち。到着したんだな」

「ええ。たった今ですね」

「そうか、ならこれを見てくれ」

そう言って、コール画面にワイちゃんの視界が映し出されて。

その画面には、兵舎の中へ次々に運び込まれる兵士たちがいた。

……どうみても、敗残兵のようにボロボロ。

ですが、数が1人や2人ではない。

パッとみても50人以上はいる。

「何があったんですか？」

「いや、まだ正確なことは分からん。だけど、兵舎にいきなり飛び込んできた割には、受け入れられているから、アグウストの兵士ではあるようだ。さすがにワイちゃんに喋らせて事情を聞くわけにもいかないからな」

「そんなことすれば、もっと大騒ぎになりますねー。しかし、この兵隊さんたちはどの所属で、どこから運び込まれてきたんでしょうね？　クリーナ、分かりますか？」

ラッツはそう言って、この国出身のクリーナに話を振る。

でも、クリーナは静かに首を横に振り……。

「……ごめん、分からない」

「そうか。ま、興味がないものを覚えるのは無理だしな。メジャーな部隊ってわけじゃないか、あまり一般には出ない兵士なんだろう」

「あ、でも、ビクセンはこのことを報告するために、王城に走っていった？」

「ああ、そうかもしれませんね」

「どういうことだ？　ビクセンさんは今、兵舎にいないのか？」

「ええ、先ほど、街中で馬を駆っている姿を目にしましたよ」

「ということは、王城に責任者をかき集めている状態か……。覗き見はしたくないんだが、こっちにも被害がありそうだしな。正確な情報を集めるためには、やむなしか」

　ユキさんはそう言って、ダンジョン化した王城の監視画面に切り替える。

　もちろん、アグウストだけでなく、今まで行った重要拠点はダンジョン化して、今では、魔力が学府の近辺に集まるのを阻止《そし》している。

　最初は、ダンジョン化するための魔力拡散による、魔物の大量発生を心配していたが、その魔力の流れを解明できたので、その集積場所である学府には常時仲間を残していて、定期的に魔物の間引きをしている。私たちが原因による大量発生はまずない。

「……姫さんは、これか。同じ部屋にファイゲルさんもいるな。そして、慌てて近づいているのは、ビクセンさんだな」

　私たちも、ユキさんと同じようにコール画面で場内の監視を見る。

　確かに、大きな会議室に集まっている。

　3人だけでなく、他にも色々集まっているところを見ると、本当に大事のようね。

『失礼します‼』

　画面にはビクセンさんが慌てて入っている姿が映る。

『来たなビクセン。で、どうだ、状態は？』

『ほとんどが傷を負っており、治療手配に大忙しです』

『そうか。で、間違いないのだな？』

『はい。間違いございません。彼らは陛下の視察についていった親衛隊と地方の領兵です』

ビクセンさんのその言葉で、会議室にいる全員がざわつく。

しかし、陛下の親衛隊がボロボロになって運び込まれるって相当ね。

『陛下は、陛下は見当たらなかったのか‼』

1人の男がビクセンさんにそう問いかけます。

『いえ、送られてくる負傷兵の中に、陛下のお姿は見えません』

『何か、伝令などはないのか？　負傷兵だけを送ってくるということは、これは後送しているのだろう？』

『はい。その通りです。負傷兵たちを先頭でまとめて連れてきた親衛隊の副隊長から、指令書を預かっています』

そう言って、ビクセンさんがファイゲルさんの方へ、指令書を渡します。

ファイゲルさんは指令書が本物かどうかの確認をして、指令書の封を解き、目を通す。

『……これは由々しき事態ですな』

『何が書いてある？』

『アグウストの後方国の1つが、我が国に対して宣戦を布告したようですな』

『『『なんだと‼』』』

会議室の中に信じられない、と言いたげな空気が広がる。

『で、視察に行っていた陛下が、偶然ではありますまいが、その場に居合わせ、地方の兵と親衛隊を直々に指揮して追い払おうとしたみたいですな』

『……父上ならやるな。で、無事に追い返したのか？』

『彼我の戦力は当初1000対3000で、数では陛下の方が完全に有利だったみたいですが、その敵が全員、魔剣と思しきものと、火の杖を装備していたそうです』

『どこまで本当の話だ？』

『分かりませぬ。その装備を見て嫌な予感がしたのか、平原でのぶつかり合いではなく、籠城を選んだようですが、敵の攻勢激しく、撤退を前提に動いておるようです。現在、守りの兵を割いて、領民を避難させているようですな。それで防衛線を構築するための軍を送ってきてほしいとのことです』

『なるほど、それで地方の兵士もまとめてこっちに送られてきたか。ビクセン、即時にファイゲル老師が読み上げた内容を負傷兵たちに聞いてこい』

『はっ‼』

『ファイゲル老師は、直ちに防衛線を張るために軍に招集をかけろ。数は王都防衛軍の半分。方面軍にも呼びかけろ』

『はっ』

『準備期間は最低5日で終わらせろ‼　話が事実なら、父上たちがいつ敗走して戻ってきてもおかしくはない。受け入れる態勢も整えておけ‼』

『『『はっ‼』』』

『伝令‼　父上へ、準備を整えすぐに向かう‼　先遣隊は8日、全軍到着予定は20日かかると伝えろ‼』

『はっ‼』

『地図を持ってこい‼　被害がありそうな地域への連絡と、父上たちの後退進路を予測するぞ。偵察隊は今日中に出て、父上たちの位置を調べてこい‼』

『『『はっ‼』』』

　もの凄い気迫ですね。

　しかし、この指揮能力。

　ヘタするとセラリアより優秀かもしれない。

『民への説明はいかがなさいますか？』

『隠していても兵舎の負傷兵でばれる。下手に隠さずに、敵国が攻めてきたと。そのための迎撃に向かうと伝えればいい。敗走の可能性を示唆することは話すな。治安が悪化する。父上、陛下直々に指揮を執るのであれば、負けを予想する人はおるまい』

『かしこまりました』

　そうやって、テキパキと軍の指示だけでなく、王都の治安の取り締まり強化や、盗賊の増加への対策などをよどみなくこなしている。

「……ジェシカ、サマンサ、クリーナ、俺の記憶が確かなら、亜人の国を含めて6大国以外は、有象無象で中央の6大国に依存するような国が多いと聞いたけど。間違いないな?」

「ええ。間違いありません。一応国という体面は取っていますが、属国ですからね」

「そうですわね。ジェシカの言う通り、小さい国同士での戦争はありますが、6大国相手にケンカを売るというのは聞いたことがありません」

「ん。そもそも、戦争をするメリットがない。属国として地域を安定させていた方が、恩恵があるはず」

なるほど、ジェシカから聞いてはいましたが、こういうところはウィードの大陸と同じなのですね。

6大国を盾として、不干渉の形を取っているのでしょう。

だって、大国がなくなれば、その代わりに他の大国と戦わなくてはいけないのだから。

ウィードの大陸の方は、さらに魔王へのけん制の意味もありましたが。

「つまりだ、相手は大国を落として、さらに他の大国相手も十分にできるから動いたってことか」

「「……」」

ユキさんの言葉に全員、口を閉じてしまいます。

そう、すぐ考えれば分かる。

私たちでもすぐに考え付くことを、当事者たちが思いつかないわけがない。

ということは、本当に何か算段があって動いている。

「さらに、大量の魔剣や、エンチャントの杖と思しきものを全員が持っている。これは……俺たちの探し物のことも知っているかもしれないな」

「じゃ、お兄さん……」

「ああ。この戦い、傭兵団として参戦しよう。向こうもこっちの戦力は欲しいだろうからな」

そう言って、ユキさんは魔術で寝かせているアマンダとエオイドを指さす。

「危ない真似はさせない。が、さっそく利用させてもらおう。ミリー、霧華聞いていたな？」

『はい』

『一言一句逃さず』

「ミリーと霧華は細かい情報を王都で引き続き集めてくれ。俺たちはポープリとララに連絡を取る」

『『はい』』

まったく、のんびり新婚旅行はできそうにないわね。

第295掘：表は穏やか

side：ミリー

『ミリーと霧華は細かい情報を王都で引き続き集めてくれ。俺たちはポープリとララに連絡を取る』

「「はい」」

私たちはそう返事をして、コールを切る。

後の細かいことはユキさんたちがやってくれる。

何かあれば連絡があるだろうし、今は情報収集に徹するべきね。

「うーん。久々に、本業に近い仕事ね」

私はそう言って、体を伸ばす。

「そうなのですか？」

霧華は不思議そうに、こちらを見ている。

「ええ。私がギルドで受付嬢をしていたのは知っているわよね？」

「はい」

「それ以前は私も軽く冒険者やっていたのよ。まあ、色々あって早いうちにギルドに就職しち

やったんだけどね。ランクもトーリやリエルとは違ってそこまで高くはないわ」

「冒険者だったのですか」

「ええ、そして私はスカウト。偵察専門みたいなのよ」

そう言って、ナイフを両手で持ち、即座に投げて家の柱に突き刺さる。

「お見事です。ショートソードでの二刀流といい、スピード主体だとは思いましたが、忍者に近いですね」

「あー、そうかもね。と、いけない」

私は慌てて刺さったナイフを抜き、家の柱を確認する。

「うっわー。思ったより深く刺しちゃった」

「いえ、それぐらい刺さらないと、致命傷にならないのでは?」

「そっちじゃないわ。ここは拠点にする場所だから、傷物にしても意味ないでしょう?」

「ああ。そうですね。後で木屑でも詰め込んでおきますか?」

「そうね。みんなも来ることになるだろうから、適当にポスターでも張ってごまかしておきましょう」

そう、すでに私たちは、金に物を言わせて拠点を確保していたのだ。

お金なんて、今までの騒動や宝探しでたんまりあるし、一軒家ぐらい安いものである。

ちゃんと必要経費として書類出さないと、エリスから怒られるけど。

「しかし、この家でよかったのでしょうか？　みんなが入るには少々狭いのでは？」

「いいのよ。わざとこれを選んだんだから」

「理由を聞いても？」

「んー、私たちは情報収集で目立たないように行動しているわよね？」

「はい」

「私たちは2人でこの王都にやってきたということになっているから、女2人が住むにはこの一軒家だって、かなりの買い物よ。これで貴族が住むようなお屋敷を買えば変な注目を浴びるから、この一般の普通の値段の家を購入したのよ。ほら、物件を紹介してくれた人も、私たちが一括払いした時、驚いていたでしょう？」

「確かに」

「私たちが一括払いしただけでそれだから、貴族宅なんてぞっとするわね。あと、中は全員が過ごすには狭いけど、どうせダンジョンと繋がっているから、ここが大きい必要性はないのよ。小さい方が警備もしやすいからね」

「なるほど」

そんな話をしながら、とりあえず私と霧華で家の様子を見ていく。

玄関、リビング、キッチン……というのはあれだけど炊事場、あと倉庫。お風呂はなし。

2階建ての方が部屋数は多いのだけれど、さすがに2階建ての家なんて悪目立ちするのでやめた。

「思ったよりも、汚れていませんね」

「そうね。前の住人が引っ越してそんなに時間は経っていないって言っていたし、そこら辺はありがたいわね」

この家を紹介してくれた商人曰く、田舎でのんびり余生を過ごすと言って退役を迎えた兵士の家だったらしい。

奥さんの故郷へ帰って畑仕事を始めるとか……。

個人的には羨ましい話よね。

私たちも、いつかユキさんと、1日中のんびり一緒に過ごせるようになればいいのだけれど。

「さて、掃除にそこまで時間はかかりそうにないわね。さっさと掃除して、情報集めの方針でも決めましょう」

「はい」

そうとなれば、話は早い。

私もユキさんたちと暮らす前は、街のギルド職員で朝は掃除をしてから毎日を迎えていたし、女だからいつ結婚しても大丈夫なように、そこら辺の知識は母からちゃんと教えられている。

というか、教え込まれた。

お互い、バケツに水を魔術で入れて、雑巾がけを軽くする。

これが2階建てとかなら、部屋数が多いのでリビングだけとかになるのだが、1階だけなので1時間もしないうちに終わる。

「さて、掃除もあらかた終わったし。情報集めの話ね」

「そうですね。しかし、どういう方針でいくのですか？」

私と霧華はテーブルをはさみ、椅子に座って、お茶を飲みながら話す。

こういう時は、焦らず、ゆっくり考えるのがいいってユキさんのやり方なのよね。

私としても、このやり方に賛成だ。

特に差し迫った危険はないのだから。

「まず、方針の前に、私たちが集めるべき情報の種類をちゃんと整理しましょう」

そう言って、テーブルの上にコピー用紙を置いてペンで書きこんでいく。

「1つは、この国の情勢について。これは主に、争いの種がないとか、危ない場所はないかとか、どこが安全だとか、何が名産だとか、噂話とか、まあそんなレベルね。ユキさんからの連絡で、色々問題が起こっているみたいだけど、それとは別件で、私たちが巻き込まれそうな厄介ごとがないか調べるためね。周りの国からの情報と、国の中からの情報で差異がどれだけあるかを調べるってことね」

ひょんなことから、聖剣や魔力枯渇問題に繋がる情報があるかも分からないし。

こういう細かい情報収集は必要だ。

「2つ目は、さっきユキさんから連絡がきた、このアグウストへ攻めてきた小国の情報。兵舎の方、お国の中枢部から調べるのは、ユキさんたちがお姫様たちと知り合いだから、問題ないでしょう。私たちは一般からね」

「一般ですか？」

「そう、一般。この騒動で、逃げ込んでくる人たちがいるはず。というか、王様が直々に避難誘導を呼び掛けているみたいだし、すでに避難してきている人たちもいるはず。その人たちから話を聞いて、ユキさんたちのお国の中枢からの情報と差異がないか、多角的に調べるの」

「では、優先順位的に、2つ目が先で、1つ目は後回しということでいいのでしょうか？」

「そうね。1つ目に関しては1日2日でどうにかなる話じゃないし、今はこの国に攻めてきている敵の情報が欲しいわ。特に、魔剣とエンチャントの杖を大量に持っているって話だし……」

「主様が懸念されていた、残された聖剣や魔剣。そして、それを作り出した相手が別にいるかもしれないという話ですね」

「その通り。ウィードの経済力、技術力があれば、あの程度の魔剣はすぐに量産できるわ。でも、この新大陸は違う。私たちにとってただのエンチャントの剣が、魔剣と呼ばれている。それだけ数が少ないってこと。つまり、生産体制もないわけ」

「ただ単に、大量に魔剣やエンチャントの杖が見つかったということでは？」

「その可能性もあるわね。そこら辺の情報も集める必要もあるわね。ということで、大体の方針もまとまったし、まずは門の方へ行ってみましょうか。難民が逃げ込んでいるかもしれないし、上手くいけば情報が集められるわ」

「はい、そうしましょう」

私と霧華はそう言って、情報集めに外へ出る。

今のところ、王都は何も問題ないように見える。

しかし、ローデイと同じで、スティーブたち魔物を使った情報収集ができないのは痛いわね。

人海戦術ならぬ、魔物海戦術が使えるのに。

そんなことを考えながら、兵舎がある方向の門へと足を進めながら、周りの話し声に耳を傾ける。

「今、あっちの八百屋で安売りしているわよ」

「あー、今日も働いたー」

「昨日、家の猫が子供を産んだのよ」

「よし、あっちの広場まで競争だ」

「「うおー」」

耳に入る話し声にはどこにも不安の声はない。

ただ日常を謳歌する人々の声だ。

生活水準はウィードには及ばないが、概ね平和だ。

下水の概念がないから、１つ路地に入れば糞尿の香りで満載なのはいただけないが。

ああ、今日は家に帰ったら念入りに体を洗おう。

匂いが付いてユキさんに臭いとか言われたら、泣いちゃう。

「今のところ、何も問題はないようですね」

「そうね。普通の日常みたい」

でも、日常というのは、あっという間に崩れるもの。

それは私が身をもって体験した。

気が付けば家どころか街が焼け落ち、家族はバラバラになり、勇敢に理不尽な暴力に立ち向かった弟は帰らぬ人となった。

泣いても喚いても、何も変わらなかった。

ただ、自分の首につけられた首輪があった。

……普通に日々を過ごす人たちは争いなんて望んでいない。

上の人たちが勝手に色々な利権争いをして、その果てに、私たちを巻き込んでいるに過ぎない……。

「……大丈夫ですか？」

気が付けば、霧華が私の顔を覗き込んでいた。

「いえ、呼びかけてもミリー様の反応がないもので……」

「え？」

「あ、ごめんね。ちょっと嫌なこと思い出しちゃって」

あちゃー、またやっちゃったか。

エリスによく注意されているのよね。

『気持ちは分かるけど、もうちょっと冷静になりなさい。ユキさんは優しいから、そういう気持ちを捨てろなんて言わないけど、それが足を引っ張る結果になるのなら、私はそういう気持ちは捨てるべきだと思うわ。そんなこと、なんて言わないけど、それで今の幸せが崩れるのは馬鹿らしいわ』

ええ。

エリスの言う通りだと思う。

きっと、私は今の幸せが崩れたら発狂すると思う。

それだけ失いたくないものが増えた。

あれだけ失ったのに、全部失くしたと思ったのに、残っているモノがあったし、増えたものもある。カヤと同じように。

私は今、幸せなんだ。

落ち着こう。

きっと、私は今怖い顔をしている。

子供たちにこんな顔は見せられない。

……あんなことが起こらないよう、ユキさんを支えていくって決めたんだから。

幸せになって、あの時、身を挺《てい》して弟が守ってくれたことを誇れるように。

「嫌なことですか。どうします？　今日はいったん戻りましょうか？」

「大丈夫よ。こんな馬鹿らしいことで、お仕事を休むことはないわ。ほら、門も見えてきた」

気持ちを切り替えて、しっかり仕事をしよう。

視界に入る門は特に混雑もしていない。

のんびり荷物を載せた馬車だとか、荷物を担いだ旅人みたいな人たちが衛兵と軽く話をして、料金を払って街に入る。

「まだ、そんなに大きい動きは見られませんね」

「そうね。もうちょっと近づいてみましょう。ちょうど、門の入り口近くに食堂があるみたいだし、そこで聞きましょう」

「そうですね」

私たちは門の近くにある、食堂に足を運ぶ。

見た感じは、大衆食堂みたいな感じで、外にもテーブルや椅子を出していて、おそらく外へ出るお仕事をしている人たちや、衛兵、旅人を狙った感じかな？

街の人たちを狙うなら、門の近くじゃなくて、商店が集まるところとか、居住場所近くがいいもの。

「いらっしゃいませ‼　何にしますか？」

私たちが席に着くのを見て、すぐにお店の人が話しかけてくる。

ちなみに、水源は豊富なのか、普通に木のコップに水が入れられて出される。

しかしながら、羊皮紙が主流の文明で、メニュー表という便利なものは存在しない。

外のテーブルに座った私たちからは見にくいが、店の中の木札に料理名が書かれて吊るされている。

「えーと……何にしましょうか？」

「そうねー。ごめんなさい。私たち初めて王都に来たのよ。何かおすすめの料理ってあるかしら？　少し高くてもいいわ」

「そうですねー。このお店は見ての通り、一般の人向けですから、そこまで高い料理はないですけど……。そうだ、パンに色々なものを挟んだのが名物ですね。お値段も手ごろで、一応、街の人たちも買っていくんですよ」

「じゃ、それを2人分お願いするわ」

「はい。少々お待ちください」

そう言って、店員であろう少女は中へ戻っていく。

「なかなか可愛らしい子でしたね。まあ、アスリン姉様やフィーリア姉様には及びませんが」

「比べる基準が間違っているわよ。でも、大丈夫かしら？　結構、荒くれも集まっているようだけど……」

門の入り口に店を構えているだけあって、客層は旅人や傭兵であろうといった、身なりの怪しい人物が目立つ。

あんな少女は、舐められて、食事代とかを踏み倒されそうだ。

「はっはっはっ、その心配はねーよ」

不意にそんな声が聞こえた。

ちょうど、隣のテーブルからだ。

そちらに顔を向けると、大剣を背負った男がいた。

「あの嬢ちゃんはテレス・ハウゼンって言って、このハウゼン食堂の主の娘なんだよ」

「ハウゼンって家名があるの？」

「ん？　ハウゼンを知らねーのか？」

「このアグウストの王都に来たのは初めてだからね」

「そうか、身なりからしていいところの娘さんかと思ったが……。よくよく見れば同業者か。武器といい、体つきといい」

「変な目で見たら殺すわよ」

「おお怖えー。並の殺気じゃねーな。ま、よその国から来たのなら知らねーわな。じゃ、ララ
イナって名前に聞き覚えは？」
「それは、確か、この国の魔剣使いだったかしら？」
「そうだ。そしてフルネームをライナ・ハウゼンっていってな。この店の娘で、テレス嬢ち
ゃんの姉だ」
「へえ」
「今、この店を経営しているのは、2人の親父さんでな。今では現役を退いているが、昔は近
衛の隊長を務めていた実力者だ。それでいて、権力で威張り散らさない気持ちのいい人でな。
こうやって、今では旅人や傭兵相手の食堂をやっているってわけよ」
「変わり者ね」
「だな。変わり者なのは同意だ。まあ、おかげでおれたちは乱闘騒ぎもなく、うまい飯にあり
つけるってわけだ。で、テレス嬢ちゃんに手を出そうなら……」
「お父さんが出てきてってことね」
「ああ。でもな、親や姉があぁだから、実はテレス嬢ちゃんも腕っぷしは凄くてな、この間な
んか……」
男が話を続けようとした瞬間、目の前に凄い勢いで、サンドイッチらしきものが載ったお皿
が置かれる。

木の皿でよかった。

あの勢いだと、陶器なら割れていた。

「モメントさん‼　お客さんに変なこと言わないでください‼　もう、女性のお客さんが珍しく寄り付いてくれたのに、来なくなったらどうするんですか‼」

そう言われて、私と霧華で店を見回すと、確かに女性客はいない。

……まあ、物騒なメンツが多いこの店で新規の客はなかなか来ないでしょう。

「いや、いつものおばちゃんや、子供たちは食べに来るだろう？」

「それは、私が必死に宣伝した結果です‼　外から来た女性のお客さんは大抵奥のお店で食べるんですよ」

そりゃ、そうでしょう。

「と、すいません。どうぞ、サンドイッチっていうんです。食べてみてください」

「あ、うん。ありがとう」

「いただきます」

そして、サンドイッチを食べる。

……うん。パンはウィードに比べて硬いけど、しっかりサンドイッチだ。

まあ、フランクフルトみたいに棒長のパンに切れ目を入れて、具を入れるタイプだけど。

「うん。美味しいわ。これなら、毎日ここで食事しようかしら」

「そうですね。それがいいかもしれません」

「ありがとうございます‼」

ドッペルの体でも栄養補給は必要だし、家で自炊するのはめんどくさい。

だって、コンロとかＩＨ機器とかないから。

「えーと、お客さんのお名前、聞いてもいいですか？　あの、これからご贔屓にしてくれるみたいだし……」

「あ、ごめんなさい。私はミリー。モメントさんもよろしく。ちょっとした観光でこの彼女と来たのよ、名前は……」

「霧華と言います。よろしくお願いします」

「私はモメントさんが言った通り、このハウゼン食堂の看板娘をやっているテレスっていいます。これからよろしくお願いします」

「おう、よろしくな。同業者として頼ってくれていいぜ？」

「私と一晩なんて言っても応じないわよ。もう結婚していて、その人一筋なの。霧華は……」

「遠慮しておきます」

「マジか‼　ちくしょう‼」

「ええっ、結婚しているのに傭兵やっているんですか⁉」

「まあね。色々事情があるのよ」

しかし、このモメントって男、かなり凄腕ね。

周りの人が彼の言葉に耳を傾けている。

彼なりの、私たちへのフォローなのだろう。

女性だから侮られやすい。だから自分という、モメント自身がこうやって繋がりをみせることで、変なちょっかいは減らそうとしているみたいね。

モメントさんが動く前までは、私たちに集まっていたいやらしい視線が途切れたし、まず間違いなく、これを狙って動いたのでしょう。

なら、私たちも遠慮なく頼らせてもらおう。

コトン。

「あれ、もうお勘定ですか？」

「いいえ。モメントさん、この銀貨1枚で情報を買えないかしら？」

「ん？　銀貨1枚相当の情報なんておれは知らないぞ？　他の情報屋のほうがよくないか？」

「この街に来たのは初めてって言ったでしょう。とりあえず、テレスちゃんの紹介もあってしっかりしているし、自分のメンツも潰したくないでしょう？」

「……そういうところはきっちり押さえてくるな。で、何の情報が欲しいんだ？　本当に銀貨1枚分の情報なんて知らないぜ？」

冒険者、いえ、こっちでは傭兵か、その中で一番大事なのは情報だ。

どこに稼げる話や危険なことがあるか、それを知ることが、自分たちが生きてお金を手にすることに繋がる。

たとえば、1回の冒険でお金持ちになれるとしても、100%の死亡率なんてところにはいきたくない。

それなら他の危険の少ない仕事をしてコツコツとする方がいい。

極端な例を出したが、こういう初めての場所では、信頼できそうな相手にお金を支払って、簡単にどこら辺が危険かを探るのが一番手っ取り早い。

情報の売り買いというのは、一見簡単そうだが、信頼できない相手の情報は誰も買わない。

そして、情報を売る方も、一度の失敗で誰からも信頼してもらえなくなる可能性もある。

だから、テレスちゃんと仲のよさそうな男から話を聞くことにしたのだ。

嘘をつくには場所が悪すぎる。テレスちゃん以外の目もあるし、下手なことを言えば今まで培ってきた傭兵としての信頼が崩れ落ちることになるから。

そこを狙って、私はこの質問をする。

「別に大層な情報が欲しいわけじゃないのよ。夫と合流したら、アグウスト国内を見て回ろうと思うの。そこで名所や危険な場所があれば教えてほしいって話」

そう、私たちが一番集めたい情報だ。

まずはモメントさんから聞き出して、それをもとに色々情報を集めてみるとしましょう。

第296掘：打ち合わせ

side：ユキ

さて、まずはポープリとララから話を聞き出すべきだな。
いや、まて、その前に……。
俺は咄嗟に、コールである人物たちを呼び出す。
『はい。なんでしょうか？』
『ん？　なんだべ？』
『どうかしましたか？』
コールに映るのは、ジルバにいるザーギス、そして、エナーリアにいるミノちゃん。
最後に、学府で生徒に紛れながら魔物の森を監視しているトーリ。
「簡潔に言うと、アグウストの周辺国の1つが宣戦を布告した」
『それはまた。王都にも影響がありそうなほどで？』
ザーギスは、それがどうしたといった感じだ。
まあ、普通ならこんなもんだよな。
目的の障害にならないのならば、無視するに限る。

「そこで、妙な話を聞いた。大量の魔剣と、火のエンチャントの杖を持った軍隊がいるそうだ」

『はぁ⁉』

『また、厄介ごとだべな』

『大丈夫なんですか？』

三者三様の反応に、1人ずつ答えていく。

「ザーギスは最後に後回しな。それが本題だから」

『でしょうね……』

「ミノちゃんは、エナーリアへ渡した武具類が横流し、あるいは解析《かいせき》されて設計図が広まってないかを確認してくれ」

『了解だべ。まあ、可能性は著しく低いと思うべよ』

「俺もそう思う。だって、理由がないからな。エナーリアとアグウストは学府の中央を挟んで、ほぼ反対側と言っていい位置取りだし、わざわざ、ミノちゃんたちから提供されたお宝の山をよそにやるとか、設計図を配って自陣を不利に追い込む理由もない。というか、解析できるなら、すでにエージルが量産しているだろう」

『だべな。あくまでもこっちはその可能性を潰すのと、裏でコソコソやっている奴がいないかを探るって話だべな？』

「そういうこと。分かっているとは思うが、間違ってもエナーリアの王様や将軍たちにこのことは話すなよ」

『心得ているべ。そんなことしたら、逆にこっちが疑われるもんな』

うん。

さすが、ウィード魔物軍の良心と言われているミノちゃんだ。

「次にトーリは、リエルやカヤ、タイキ君たちと協力して、魔物の森の監視を強めてくれ。大規模な戦争が起こりそうだ。その魔力の流れがまとめて集まるかもしれない」

『分かりました』

「無論、魔物たちを動かしていい」

『はい。任せてください』

警備の延長線上のことはトーリたちが一番。警察でノウハウを習得しているから適任だ。

と、忘れてた。

そして俺はもう一組をコールで呼び出す。

『ふぁぁ、なんだ?』

目の前に現れるのは、定年退職を迎えた親父が、昼飯を食って昼寝していたようなモーブだった。

「……まあいいか。その様子だと平和みたいだな」

『ああ、亜人の村は今日も平和だぞ』

「そうか。でも、これから警戒を強めた方がいいかもしれない」

『どういうことだ？』

俺の言葉で、すぐに返事が鋭くなる。

こんなぐーたらおっさんでも、凄腕の冒険者だということだろう。

「アグウストの周辺国の1つが宣戦を布告した。その影響がどう出るか分からん。大国同士の小競り合いじゃなくて、完全な横槍だ。下手すると大きく情勢が傾く。敵の武装には大量の魔剣とエンチャントの杖もあったという未確認情報もある」

『となると、その話が亜人たちの耳に入れば、騒動に乗じて……』

「ああ。動く可能性がある。たぶん、最大勢力であるモーブたちのところには、何らかの動きがあると思ってくれ」

『分かった。警戒は強めておく。おい、ライヤ、カース、聞いてたな』

『ああ』

『聞いていましたよ。じゃ、こっちは会議でもして巡回の強化でもしましょう。あと必要なのは……』

じゃ、ザーギスの話に戻ろうか。

「まあ、言わなくても分かると思うが……」

『ジルバでも変な動きがないか調べておきますよ。しかし、大量の魔剣とエンチャントの杖ですか。都合よく、大量の魔剣とエンチャントの杖が見つかって、適正者も自国で揃えられたなんて、上手い話はないですよね……』

「だな。そんな簡単に揃うなら、大国が接収してるどころか、その国がすでに大国のどれかに成り代わっているだろうよ」

『つまり、その国の誰かが、設計図を見つけたか、あるいは、自力で作り出して制限をつけなかったと見るべきですね……』

「そっちの方向で考えるべきだろうな。本当にたまたま、都合よく揃っただけなら、それは特に問題にならないからいいけど、生産できるなら厄介極まりない。国民全員魔剣持ちとかになりかねないからな」

『まあ、それぐらいじゃないと、この情勢で、大国相手にケンカを売らないと思いますけどね。この戦い長引きますね……』

「それか一瞬で終わるかだな」

魔剣使いが本当に山ほどいるなら、足止めは至難だし、あっという間に王都まで攻めあがるだろう。

そうでなければ、お互いに決定打がないから、ザーギスの言った通り一進一退の長期戦になる可能性もある。

「じゃ、そっちの情報集めは頼んだぞ」

『了解』

　さてさて、今度はポープリの方だ。

　コールでこっちも呼び出して、すぐに出る。

『もしもし、何かあったかい？　イニス姫様が大暴れでもしたかい？』

「ああ、それは予想通りだった。でも、他に厄介ごとが増えたよ。まだ、こっちに正式に連絡は来ていないが、ワイちゃんを停泊させている兵舎に大量の負傷兵が運び込まれてきた」

『……負傷兵ね』

「で、王城に、俺たちをそっちのけで、姫さんやビクセンさん、ファイゲルさんまでの緊急招集と来たもんだ」

『何が起こったんだい？』

「アグウストの周辺国の1つが宣戦を布告した。しかも、大量の魔剣とエンチャントの杖を常備しているって話付きで」

『なんだって!!　どういうこと!!』

「こっちも分からん。さらに最悪なことというか、狙ってやってる可能性が非常に高いが、ちょうど、アグウストの国王が視察に行ってた時に攻めて、国王自ら陣頭指揮を執って、すぐに防衛戦に変更。周辺の村や町に避難指示をしてから、撤退戦に移行しているみたいな話が出ているな」

『ちょっ、それって⁉』

「ということで、現在、お国のトップがいないまま、国王の伝令情報の下、イニス姫さんが代わりに指揮を執っているところだ」

正直にいうと、冗談抜きで滅茶苦茶な状況だ。

日本で言えば、天〇陛下が戦闘に巻き込まれたレベルの話である。

こんなことを、国民どころか諸外国に知れでもしたら、大騒ぎどころの話ではない。

しかし、もう状況はなかったことにはできない。

地球みたいに情報封鎖はできないし、国王が自ら陣頭指揮を執った話は瞬く間に広がる。

運び込まれる負傷兵だって隠しきれない。

『まずいね。非常にまずいね。しかも、魔剣とエンチャントの杖を大量に？　不可能だ。前も言ったと思うけど、私が知り得る限り、量産した数は50本。その半数以上はこの400年で破損して損失している。どこかに大量にあったなんて可能性は低いと思う』

そう、ポープリも聖剣使いたちが幽閉されて魔剣の開発をしていた時に、彼女たちを解放するため、協力していたらしいのだ。

しかし、その際、設計図などはすべて処分したし、当時の知識や技術は彼女たち以外は知ることなく、今、魔剣を作ることはできないと言っていた。

それを証明するように、現在では、魔剣は作るという発想ではなく、伝説の武器という扱いに変わっている。

「やっぱり、ポープリもそういう大量発見は否定派か」

『当然だよ。となると、あとは独自で開発したか……』

「前任者のダンジョンマスターが作った聖剣の設計図を手に入れた可能性があるわけだな」

『そうなるね。彼女が過ごしていたダンジョンの位置は完全に不明だった。偶然、その国の中にあったという可能性が一番高いと思う』

今得られる情報はあらかた集めた感じだな。

「ポープリ。とりあえず、他の国のメンバーにも別の方向での動きがないか、探ってもらっている。もちろんアグウスト王都の情報も、今、ミリーたちが探っている。で、今ある情報から、今回の戦いは何らかの形で加わりたいと思っている」

『そうだね。私もその方がいいと思う。これは、私たちが大きく関係している可能性が高い。はぁ、なんというか、後始末を押し付けてしまって申し訳ないね』

「ま、それが後任の仕事の1つだからな。で、さっそくポープリにお願いがあるわけだ」

『アマンダとエオイドの偵察任務かい？』

「その通り。今、アグウストとして一番欲しいのは情報だ。イニス姫さんもそこは分かっているようで、偵察隊がすでに編成されて、すぐにでも出る準備がされている」

『そりゃ当然だね。で、それを上回って、一気に国王陛下を離脱させられる可能性があり、高速で移動できる乗り物がある。いや、この場合は、乗り者かな？』

「そういうこと。こっちから提案をすれば、否定はしないだろう。しかし、戦力としての取り込みは勘弁願いたい」

『そういう馬鹿なことはしないと思う。今そんなことをすれば、学府とも対立する羽目になる。八方塞がりは避けるだろう。で、そこはいい。一番大事なのは、アマンダとエオイドが無事に帰ってこられるかどうかだ』

ポープリとしては、まだ卒業もしていない教え子たちが、戦争に赴くのは嫌らしい。

まあ、当然か。

2人ともシングルナンバーというわけでもなく、俺たちが指導して実力を伸ばし始めたばかりの、本当に新人と言っていい。

普通なら死んで来い、ってレベルの命令になる。

「そこは大丈夫だと思う。2人が暴走をしなければな」

『……暴走した際は殴ってでも止めてくれ。2人の無事が条件だ』

「戦地を見て心がぶっ壊れる可能性は否定できないぞ？」

『そこは仕方ない。まあ、そこら辺は往々にして誰でも経験することだからね』

いや、俺の地元ではそんな経験なんて、誰もしたことないぞ。

『というか、君たちが負けるという状況がまったく思い浮かばない。魔剣、聖剣を量産したところでどうにかなる力量差ではないよ。この話の本題は学長である私と話したという事実と、アグウストに対してどうやって協力を持ちかけるかって話だね』

そう。

一応、護衛の傭兵団なのだから、俺たちの一存で向かうわけにはいかない。

他国での戦闘でもあるし、他の指揮下に入るのが、傭兵団としての在り方だ。だってお金貰えないし。

俺たちの場合は、お金なんて実質要らないので、それをはねのけて、自由に行動するという許可がいるのだ。

許可なく戦線を荒らしていたら、アグウストからも敵認定を受けかねないし、戦力が万が一露見したら、取り込もうと躍起になる人もいるだろう。

だって、現場火の車だろうしな。文字通りに。

『うん。まあ、聞いている限り、面倒なことはユキ殿たちがやってくれるだろうし、問題ないね。そういえば、その宣戦を布告した国の名前は？』

「まだ、その話は出ていないな。周辺諸国の1つ、といっても代表なだけかもしれないしな」

『なるほどね。詳しくは、直接今から、竜騎士アマンダの件も含めて、聞きに行くわけか』

「そういうこと。とりあえず、交渉のための会話は交渉で渡す予定だった魔力通信を使って行うから、そこでポープリも会議に参加してくれ。本来なら、この話はファイゲルさんに一度通してから、内密にという予定だったんだが……」

こういう通信網は、理解できる人からすれば、とんでもない価値がある。

今までのこの世界の戦争という概念を覆すものだ。

だから、この道具の受け渡しは慎重にやりたかった。

ローデイの方はサマンサの親父さん、公爵にビデオと同じように内密に話を通している。

ジルバ、エナーリアにはいまだに渡していない。

目立って暴れたから敵対感情が存在していて、迂闊に渡せない。

いや、通信を使っての悪事や、襲撃の鎮圧は容易だけど、それだとますますジルバやエナーリアの立場が悪くなるんだよな。

通信傍受は当然だし。

与えた首輪付きのおもちゃを与えた結果、通信を使った結託で俺たちを倒そうとして完全敗北とかすれば恥の上塗りで、国としてはどう立ち回ろうが傷ついた体に塩を塗る選択しか残らないのだ。

俺たちが、ジルバとエナーリアを乗っ取ろうというのであればいいのだが、そんなことに割いている時間はない。

だから、もうちょっとほとぼりが冷めないと、こういう通信機器は渡せない。

だから内密に、ファイゲルさんを一度通してからにしたかったんだが……。

『この際仕方ないよ。出し惜しみしていたら、その宣戦布告した敵との戦闘で被害がどうなるか分からない。魔物の森を管理する私たち学府の者にとっても非常によくない。そして、彼女とかかわりのある私にとってもね。ならば、事態を解決できるであろう人物を派遣して早期解決を望むのは間違っていない』

「そうか。ポープリも参加を支持。じゃ、さっさと動きますかね」

そう言って、俺が席を立つと、みんなも立ち上がる。

「よし。みんな、これからひと騒動だ。忙しくなるとは思うけど、よろしく頼む」

「「はい」」

情報がまだ不十分だから何とも言えないが、最悪、またスティーブたち魔物部隊を呼んで蹴散らしてもらう必要があるな。

そんな面倒な相手じゃないことを祈ろう。

……って、祈る相手はあの駄女神だしな。

「と、そういえば。寝かせている2人を叩き起こさないとな」

「はい。さっさと起こしますね」

催眠の魔術ですっかり寝かせていたアマンダとエオイドに近寄るエリス。

そして、一気に息を吸い込み……。

「起きなさーーーーい‼」

「ひゃわ」

「うわっ」

珍しく、大声で2人を叩き起こした。

いや、普通に魔力供給を切ってるから、揺さぶれば起きるだろうに。

「旅疲れがあるのは分かります。なので、図書館での調べ物が退屈で寝るのも、まあよしとします。しかし、変な行為はやめてくださいね」

そう言われて、2人は何かに気が付いて手を引っ込める。

……エオイドの手はアマンダの胸から。

……アマンダの手はエオイドの股位置ぐらいから。

ああ、このエロガキどもめ。

最近の若者は実にけしからんですな。

無意識にそんなところに手を伸ばすとか。

タイキ君がいれば叫んでいたぞ。「非リア充に対する宣戦布告ですよ‼　許されざるですよ‼」とかなんとか。

まあ、その後、アイリさんに引きずられるんだろうが。

「ち、違うんです‼　触っていただけで何もしてませんから‼」

「そ、そうです‼　夜しか、エオイドとはしませんし‼」

……色ボケしている2人には悪いが、王城に戻る道中で、現状把握をしてもらう。

で、道中、叫ぶ2人を押さえて、引きずっていくことになったのは、まあお約束というやつだ。

第297掘：協力体制整う

side：イニス　アグウスト国　第一王女

私は現在、指示した内容に基づき、命令書を発行している。

まったく、後輩が訪ねてきたと思ったらこれだ。

いや、これだなんて、厄介ごと程度のように言うべき内容ではないか。

国が揺るぎかねない問題だ。

しかし、ある意味助かったというべきか……。

「……ファイゲル老師。竜騎士アマンダ殿へ協力を仰ごうと思う」

私は、ペンを走らせながら、私と同じように書類処理をしている老師に声をかける。

「竜騎士アマンダ殿ですか……。確かに、かの竜騎士なら、比較的安全に、そして速く状況の把握ができるでしょうな。しかし、どこまで協力を仰ぐつもりですかな？　まさか、陛下の救出を、などと思ってはいますまいな？」

「いくら竜騎士が強力だとはいえ、地面に降りれば狙い撃ちされる。さすがにそこまで考えてはいない。というか、父上ですら竜騎士の件はギリギリ手紙が届いているかで、把握しているかも怪しい。味方の陣に降りることすら危ない。それから考えて、敵の偵察と、父上はどこにいるのかぐらいを把握してもらえれば御の字だろう。しかし、一応アグウストの旗を持たせて、味方だとアピールはさせるが。あわよくば、父上を救出できるかもしれない」

「……まあ、妥当でしょうな」

ファイゲル老師はそう言うだけで、ペンを走らせ続ける。

「……否定はしないのだな」

「仕様がありません。現状は最悪一歩手前です。万が一陛下が討ち取られたなどと話が広がれば、王都はパニックに陥《おちい》ります。そうなれば、さらに私たちの動きが鈍るでしょう。国中に話が広がれば、あちこちで盗賊がはびこり、国全体の治安も悪くなります。そのために割かなければいけない兵。さらに落ちる戦力。悪循環《じゅんかん》です。しかし、竜騎士アマンダ殿がいれば、早期に事態を把握でき、最悪、陛下が討ち取られていても、竜騎士アマンダ殿が仲間にいると、士気高揚、アグウストの敗北はないと国民に宣言できるでしょう。それだけ、伝説の竜騎士は名前に効果が望めます」

「正直だな。アマンダ殿が役に立つとは言わないのだな」

「当然です。アマンダ殿、そして夫のエオイド殿もまだ学生。本格的な戦争の経験はないでしょう。そして、元が一般人。今までの受け答えからすれば、上に立つということがなかったのでしょう。確かに、単体の戦力として破格でしょうが、あくまでも今までの評価であり、戦争という中での評価ではありません。いざ戦場に出れば、腕自慢があっけなく矢に当たって死ぬなんてことはざらですからな」

老師の言う通り、人との戦争というのは、魔物を倒すことや、学府での決闘、盗賊狩りとはまったく違う。

軍という1つの統率された人たちを相手にする。

これは、生半可なことではない。

いくら個人の実力があっても、連携が取れないのであれば邪魔にしかならない。

逆にそれが原因で敗北する。なんていうのはよくある話だ。

だから、その経験がほとんど皆無であろうアマンダ後輩を、偵察だけとはいえ参戦させようとする私に老師が賛成してくれるとは思わなかった。

「てっきり。若者を戦場に出すなと反対すると思ったのだがな」

「……通常の戦争であれば、私も反対したでしょう。しかし、現状は違う。あの戦上手の陛下直々に指揮を執られて、籠城、撤退を前提に戦っているのです。相手は生半可とは思えません。魔剣や火の杖などは事実だと思った方がよいでしょう。その強力な敵を相手に、竜騎士という名前は心強い。私はむしろ姫様がアマンダ殿たちの参戦を嫌がると思って、口にしなかったのですが」

「私も通常の小競り合いであれば、アマンダ後輩を巻き込もうとは思わなかった。しかし老師の言う通り、事態を甘く見てはいけないと私も思ったのだ。だから、最前線には立たせなくても、あの移動力を使うことぐらいは……と、思ったのだ」

そんな話をしながら、書類に目を通し、サインを入れ、控えている者たちに渡して指示を行きわたらせる。

よし、今やるべき書類はあらかた終わったな。

ちょうど、老師も終わったのか、ペンを置いてこちらを見る。

「では、よいのですな?」

「ああ。竜騎士アマンダ殿たちを呼んでくれ。私から話す」

そう言って、また1人に指示を出して、後輩たちを呼びに行かせる。

調べ物をしているユキ殿たちには申し訳ないがな。

「しかし、あの傭兵たちもついてきますぞ。どう丸め込むおつもりですかな? 彼らはアマンダ殿の護衛。危険なことには頷きますまい」

「だが、彼らを頷かせれば、とても強力な力になる。違うか?」

「私の見立てであれば、ですがな」

「その見立てに間違いがあったことはなかろう。だから、なんとしても頷かせる。なに、手は考えてある」

「ほう? あの者たちは仕事には忠実なタイプです。いくら金を積もうが、学長と交わした契約を優先しますぞ? むしろ、その姿勢こそ傭兵としては信頼すべきところでしょう」

「そうだな。だからこそ、アマンダ後輩が参戦するといえば、守るために護衛につかなくてはならない。違うか？」

「そうですな」

「だから、そこはクリーナを利用しようと思う」

「クリーナをですか？」

「ああ。老師には申し訳ないが、クリーナを我が国の戦力として徴集する。ユキ殿と結婚しているようだが、立場上はまだ、アグウストの国民なのだ」

「それは、ユキ殿と敵対しかねませんぞ？　私としてはクリーナを参戦させることに否はありませんが」

「だからだ。アマンダ後輩はクリーナとも仲が良いようだ。ユキ殿とクリーナのことを考えて、参戦すると頷いてくれるだろう。なに、最前線に立てという話でもないからな。その代わり、この戦争が終息次第、2人の仲を認めて、今後徴集はできないようにする。というのは、どうだろうか？」

「ふむ。あくまでも、クリーナの徴集はアマンダ殿の参戦を促すためということですな。まあ、アマンダ殿はその餌に食いつくでしょうが、ユキ殿はクリーナを危険に晒されることと、アマンダ殿の護衛が危うくなることに対して、よい顔はしないですぞ？　そして、その後の学府、学長に対しての言い訳はどうするのですかな？」

「そこはまず、私が誠心誠意頭を下げて謝る。しかし、この事態を何とかしなければ、結局は竜騎士としてアマンダ後輩は文字通り最前線に送られることになる。違うか？」

「確かに……。竜騎士アマンダ殿の名を広めるためという目的もありますからな。結局は学府としても利はありますな」

「まあ、勝手にこき使うのだ。そこら辺は謝罪と合わせて金銭や支援の水増しで何とかしよう。このまま国が荒れればそれすらできなくなる。なに、城の美術品でも売っぱらえば何とかなるだろう。あのポープリ学長は、有事に際して、そこまであくどくない。ここぞとばかりに恩を売ってくるタイプだ」

ポープリ学長はしたたかではあるが、時と場合はちゃんと考える人だ。

アグウストが傾くような要求はするまい。

建前上の貸し借りが増えるぐらいだろう。

「で、ユキ殿だが、あの御仁にはこっちの思惑は全部読まれていると思っていいだろう。だから下手に隠さず、どうか協力してほしいと頼むしかないな。アマンダ後輩の護衛の件も、私から学長に話すと言って、こちらの誠意を示すしかない」

「……それしかありませんな。まあ、ユキ殿もクリーナのことを思ってくれるのであれば、手を差し伸べてくれるはずです」

「ああ。というか、クリーナがユキ殿の伴侶でなければ、今回の竜騎士を運用すること自体が頓挫していたかもしれない。そういう意味では、クリーナは素晴らしい相手を選んだと言っていいだろう」

そこまで話したところで、アマンダ後輩とユキ殿傭兵団が到着したと連絡が来た。

思ったより早いな。

とりあえず、この前と同じ部屋へ老師と一緒に足を運ぶ。

「呼び立てておいて、待たせてすまない」

私は部屋に入るなり、そう言って、お茶を飲んでいるユキ殿たちに軽く謝る。

「いえ。私たちもイニス姫様に話があって戻ってきていたのです。お忙しいところ申し訳ない」

ユキ殿はそう言う。

私は淹れられた紅茶を飲んでから、口を開く。

「話か。すまないが、ユキ殿たちの話を聞く前に、私たちの話からいいだろうか？」

「ええ。構いませんよ」

「そちらも気が付いているかもしれないが、今、アグウストは非常にまずい状態に陥っている。周辺諸国、大国のジルバやローデイ、亜人の国ホワイトフォレストではなく、後方の小国の1つ、ヒフィー神聖国が我が国に対して宣戦を布告後、すぐに父上、陛下が視察していた地方を襲撃。陛下は民を守るために即座に連れていた親衛隊と地方軍をまとめて、迎撃に移ったが、敵の攻撃は苛烈。状況は悪いとみて、一帯の村や街に避難を呼びかけ、怪我人の後送と伝令を兼ねて、王都まで事態を知らせてくれた」

この話を聞いて、驚いているのはアマンダ後輩とエオイド後輩だけだな。

「うそ、本当にそんなことが起こっているなんて」

「……ユキさんたちが嘘をつくとは思わなかったけど、これは」

やはり、すでに情報は掴んでいたか。

まあ、負傷兵が運び込まれているから、すぐに話は拡散するだろう。

くそ、治安維持のための兵士はやはり増強するしかないか。

「話は分かりました。で、私たちを呼びつけたのは、竜騎士の力を借りたいという話ですね？」

「話が早くて助かる。その通りだ」

「ええっ!?　で、でも私、戦場なんか……」

「そこは心配しないでいい。別に最前線で戦えという話ではない。偵察をしてほしいのだ」

「より正確な情報の把握をしたいわけですね」

「ああ。今のところ、情報は入り乱れていて、どこまでが事実なのか測りかねている部分もある。調べてほしいのは主に３つ。１つ、わが軍と敵軍の位置。２つ、敵の数。３つ、父上の無事の確認だ。最後の父上の件はそのまま連れて帰ってもらえるとありがたい。が、戦闘状態であれば、誤って竜騎士に攻撃をしかける可能性もある。だから、できればだ。これがお願いしたい内容だ。どうだ、受けてはくれないか？」

「え、えーっと……、私はできると思うんですけど」

アマンダ後輩は内容を聞いていけそうだと思っているみたいだ。

問題はユキ殿の方だな。

「話は分かりました。しかし、私たちは竜騎士アマンダとエオイドの護衛を頼まれているのです。偵察とはいえわざわざ戦地に赴くのは、護衛としては頷けないのは分かりますね？」

「ああ。重々承知している。無論、ちゃんとフォローもする。学長には私自ら説明を行い、ユキ殿たちに非はないことを説明する」

無茶苦茶を言っているのは理解している。

他国の戦力を使わせてほしいと言っているのだ。

アマンダ後輩はまだこういう政治的なやり取りはないから、学友感覚で引き受けてくれたのだろうが、護衛として、学長から依頼を受けたユキ殿が、この事態がどれだけまずいことか分かっている。

だから、しっかり話しておかなければ、後々大きな問題になりかねない。

「なるほど。ちゃんとそこら辺は考えているのですね。分かりました」

「分かってくれるか。ならば……」

ユキ殿が頷いたのを見て、私は協力を得られたと思い椅子から立ち上がろうとすると……。

『じゃ、ちゃんと契約の話をしないといけないね』

どこかで、聞いたちびっこ学長の声が聞こえた。

「この声は……」

『相変わらず、気持ちの悪い若い声ですな」

『相変わらず失礼だね、ファイゲル。君はすっかりおじいさんだけど、私はぴちぴちの乙女《おとめ》なんだよ』

「乙女どころか、子供の容姿ですがな」

『はあ、なんでここまで擦れたのかな。入学当初は可愛かったのに』

「それがきっかけでこうなったのです。で、そんなことはいいとして。何かまた発明をしましたな？」

私が困惑している間に、老師は淡々と学長の声とやり取りをしている。

『はっはっはっ。その通りだ。イニスはもうちょっと、事態を把握する能力をつけた方がいいね。というわけで、ユキ殿』

そう言われて、ユキ殿は腰に下げていた袋から、球体の水晶を取り出した。

見事な球体の水晶だ。

これだけでもかなりの価値があるだろう。

しかし、問題はそれだけではない。

水晶の中にうっすらとだが、ポープリ学長その人の姿が見え、それから声が聞こえる。

「が、学長⁉　いつの間に水晶になってしまわれたのですか⁉」

『おおう。そういう反応をするかい。落ち着くんだ。ほら、ファイゲル。説明して』

「……突拍子もないものを作るのは知っていますが、まさかこんなものまで。コホン。姫様、これはおそらく、遠くの相手と連絡ができる魔道具ですな」

「なんだと‼　そんな凄い物ができたのですか‼」

『そうだよ。コツコツと研究していたのが完成したんだけど。1個のコストがとても高い。だから渡すにも安易な相手には任せられないし、悪用されたらとんでもないことが起こるのは分かるね』

「はい。それは理解できます」

『まあ、そういうことで、運搬に適した竜騎士アマンダの顔見せを兼ねて運ばせたんだけど、少し遅かったみたいだね』

「いえ。この状況は僥倖《ぎようこう》と見ます。これで、スムーズに話がまとまり、父上の救援に行けるのですから」

『うん。その前向きな姿勢。変わらないね。私としてはイニスの立派な姿を見れて満足だよ。そして、信頼もできる』

「では？」

私が期待するように学長を見つめると、優しい顔で微笑んで……。

『竜騎士アマンダ‼』

「ひゃい⁉」

『アグウスト国の救援の嘆願を受け、それに応えることにした。今後、自分とエオイドの判断で、助けに入れ‼』

「はい‼」

『護衛の傭兵団は報酬《ほうしゅう》上乗せで、アマンダたちの護衛を続けてほしい。無茶は止めるようにお願いする』

「了解」

そうやって指示する学長は、昔と変わらずいい人だった。

『さて、こっちでも契約書類は作っておく。そっちも準備は怠るなよ。イニス』

「分かっています」

『あと、間違っても護衛のユキ殿たちを竜騎士アマンダ、エオイドと引き離さないように命令書を頼む。自由行動もね』

「はい。竜騎士アマンダ殿と護衛のユキ殿の傭兵団は私の直轄《ちょっかつ》として扱い、自由に作戦行動を取れるようにいたします」

『うん。それなら問題ないよ。さ、あとは指示を出すだけだ。イニス、君ならできる。いい結果報告が来ることを祈るよ』

そう言って、声が聞こえなくなる。

どういう仕組みか分からないが、遠距離で連絡ができるのは本当に便利だ。

この件も含めて、学長にはしっかり感謝しなければいけない。

いや、まずは現状を打破してからだな。

負けてしまえば感謝することもできない。

「では、この地図を見てくれ」

そう言って、ファイゲルがおもむろに地図をひろげ、私は偵察予定地を伝えていく。

……父上。どうかご無事で。

番外編：本の森の魔女の始まり

side：クリーナ

……まったくあのクソ爺。いや、師匠は悪乗りが過ぎる。

私は久々に故郷に帰ってきたというのに、失礼な対応をしてくれた。

「こんな美少女、そうそういるわけがない。なのにぺったんこなんて失礼極まりない」

しかも、ユキの前でだ。

あの時はユキが許したから私もそれ以上追撃することはなかった。

だけど、怒りがなくなったわけではない。

あの爺にぜひとも文句の一つでも言わないと気が済まない。

ということで、私は師匠の家の方に向かっているのだけれど……。

「まあまあ、クリーナ落ち着いて」

「そうですわ。あまりカッカしてはいけませんわよ」

そう言って、私の殴り込みについてきたリーアとサマンサが止めてくる。

「大丈夫。さすがに消し炭にしたりはしない。今の自分の実力は分かっている。文句を言うだけ」

ユキとの訓練の結果、実力はかなり上がった。

だから私が全力でやれば、師匠を本当に消し炭にすることは簡単。

でも、そんなことをしたりしない。文句を言うだけ。

ただそれだけのことなのに、２人がついてきた。

「それで、なんでリーアとサマンサもついてきたの？　ユキの護衛は？」

そう、私を含めてリーア、サマンサはユキの護衛がお仕事。

ユキは世界の宝であり、私たちの最高の夫。

絶対に守らなければいけない。

なのに、護衛４人のうち、３人までがユキの傍から離れている。

これは由々しき事態のはず。

でも２人はそこまで慌てた様子はなくて。

「大丈夫だよ。というか、私たちは今日に限ってはクリーナの護衛だしね」

「はい。ユキ様に頼まれてクリーナさんの護衛でついてきているんですわ」

「私の護衛？」

意味が分からず首を傾げる。

「ユキさんの護衛は他の皆がいるから問題ないんだよ。ジェシカも残ってるし」

「はい。ユキ様の護衛は万全ですわ。それで、このアグウストにおいてクリーナさんはユキ様の次に私たちの中で重要な人物ですからこうして護衛をしているんですわ」

「どういうこと？」

「ユキさんが言うには傭兵団が王族と面会、交渉ができるのは、ポープリさんとクリーナのおかげなんだって」

「その通りですわ。その片方が離れれば、交渉は厳しいものとなります。特にユキ様のお嫁さんとして認められたクリーナさんを何かのトラブルで失うことになれば、大問題です」

「というか、ユキさん的にはクリーナが1人でアグウストをうろつくのは心配なんだって」

「ユキは大げさ。ここは私が育った場所。でも、嬉しい」

その気持ちが本当に嬉しい。

私は最高の人を見つけた。

こうして心配してついてきてくれる友達もいる。

「2人もありがとう」

「いいよ気にしないで。だって友達だし、家族だから」

「ええ。私たちは友であり、同じ人を愛する家族ですから。助け合うものですわ」

「うん。私たちは友達で家族」

私がそういうと頷く2人。

「でも、こうして護衛のみんなでお出かけするのは初めて」

「そういえばそうだよね。ジェシカはいないけど、大抵2人で一緒に行動だし」

「ですわね。全員で遊んでられるのは、ウィードの中ぐらいですもの」

確かに、安全が確保されているのはウィードの中だけ。

ユキはどこに行くにも絶対に護衛は必要。

「まあ、もとよりユキ様は私たちの護衛を必要としないほどお強いのですが」

「それは禁句」

「だねー」

サマンサの元も子もない言葉に突っ込む私とリーア。

確かにユキは実際強い。

普段は絶対戦わないけど、訓練で戦った時に把握した。

レベルや力だけじゃない、ダンジョンマスターとしてのスキル、果ては地球で得た知識と技術を織り交ぜて戦われると手も足も出ない。

1対1で、勝てる可能性がごくわずかにあり。

こちらの人数が増えると、絶対勝てなくなる。

1対1のスタンスで戦ってくれるから。

1対多数になるとルール無用になるから、四方八方がすべてユキの戦略の一部となる。

……あれは無理。

「まあ、私たちの仕事は物理的な護衛だけではありませんが」

「ん。私たちはユキに余計な虫がつくのを防ぐ」

「うんうん。ユキさんってとてもかっこいいし、優しいからね。そこらへんはちゃんと私たちが守ってあげないと」

そう、私たちはユキに対するハニートラップを防ぐためでもある。

ユキはどこからどう見ても、最高の男性。

きっと多くの女性が好きになる。

だけど無作為にお嫁さんを増やしていいわけでもない。

ユキは大切な使命がある。

それを後押しできる素敵な女性ではないとユキの隣に立つことは認められない。

「と、ユキさんのことはいいとして、結構歩いてきたけど、クリーナの実家ってまだなの？」

「そうですわね。もう、結構家がまばらになってきているようですが？」

「ん。師匠の、私の家はもうすぐ」

懐かしい。

自然と早足になっていく。

私が育った場所が目の前に広がっていく。

ちょっと大きな樹の下にポツンとある一軒家。

家を出てからそこまで経ってないはずなのに、ずいぶんここに戻ってきてない気がする。

すると不意に後ろから声がかけられる。

「おーい、クリーナ。急に走り出してどうしたの？」

「何かありましたか？」

振り返ると、リーアとサマンサが後ろから小走りで近寄ってきている。

「……？　走ってた？」

「うん。走ってたよ」

「無自覚ですの？」

「ん。気がつかなかった」

「あれだね。もうすぐ家だから、走り出しちゃったんだよ」

「分かりますわ。もうすぐ家に帰れるとなると、足が速くなるものですわ」

「……そうなの？　私はこういう感覚は初めて」

自分で自分の感情が分からない。

ユキと初めて会った時のように。

「なら、急いで帰ろう！　あの木の下の家だよね？」

「ん。そう。あそこが私が育った家」

「では、競争ですわ」

　そういって、サマンサが走り出すと、リーアも走り出す。

「……家に帰るのは私が一番！」

　出遅れた⁉

　とはいえ、戦闘速度ではなくみんなで仲良く揃って走る。

　すると近くの民家からおばさんが顔を出して……。

「おや？　クリーナちゃんじゃないか。帰ったのかい？」

「ん。ただいまおばさん」

「おかえりなさい。また顔出しなよ」

「ん」

　元気そうでなによりだ。

「さっきの人、知り合い？」

「ん。師匠にはそこまで生活能力がない。だからあのおばさんがよく助けてくれた」

「なるほど。クリーナさんの育てのお母様というところですね」

「……お母さん？」

「そうだね。クリーナを育ててくれたならお母さんだね」

「ええ。でも、その様子だと初めて気がついたって感じですわね」

「ん。お母さんも、お父さんもいないと私は思っていた。でも、いた」

気がつかなかった。

「……ん。今なら分かる。サクラたちは私の娘。それと同じ」

「そうそう！　じゃ、後でちゃんと挨拶をするとして……ここがクリーナの実家かー」

そんなことを話しているうちに、私は実家の前へと辿り着く。

「しかし意外ですわね。王宮近くのファイゲル様の家は大きいのにこちらはそこまではありませんわね」

「ん。ここはお師匠がゆっくり本を読むために作った家。そして私を育てるにはいい環境だって言ってた。私も王宮近くの家は無駄に広くて苦手。何より、魔術の練習が思い切りできない」

そういって私は庭の方に目を向ける。

そこには穴ぼこや焼けついた跡がたくさんある。

「うわー。昔から魔術使ってたんだ」

「なるほど。これだけ鍛錬してきたのでしたら、学院での実力は当然でしたわね」

「ただ楽しかった。本を読んで、魔術が使えることが」

私はそう言いながら、家のカギを開けて中に入る。

「ん。変わらない」

目の前にはあの時と同じ……。

玄関を開けると、すぐに見えるのは積まれた本、本、本。

「もの凄い本の量だね」

「本当に凄いですわね。本だって安いものではないでしょうに」

「ん。でも師匠が魔術師だったからこの手の本が身近にあった。というか、この家はもともとお師匠様が本を集めておいておくための場所だった」

「そっかー、ウィードの図書館みたいなものかー」

「ん。でも蔵書も知識も地球の方が圧倒的に上。こっちの本は残念ながら印刷技術も拙いから1冊当たりの密度が低い」

「比べるものがダメですわ。ですが、それでもこの本を1冊1冊作った人の気持ちはよく分かります」

サマンサは1冊の本を手にとる。

確かに、地球の印刷技術と違って、こちらの本は1冊1冊手書きのオリジナルか写本がほとんど。

だからこそ、サマンサの言うように1冊1冊味がある。

「ふーん。私は本っていうと、リリーシュ様が使っている協会の本とか、勉強用の本、あとは絵本ぐらいしか知らないなー。本格的に本を読み始めたのはユキさんと会ってからだし。でも、こういう手作り感っていいよね」

そう言って、リーアも近くにある本を手に取り……。

「えーと、なになに？　メイドをお仕置き男爵の優雅な一日？　なんだろうこれ？」

ひゅば！

そんな音が聞こえたと思ったら、サマンサが速攻でリーアから本を奪っていた。

「え⁉　なんでとるの⁉」

「いけません！　こんなところで読むものではありませんわ！　なんでこんな艶本が！」

「艶本？　ああ、エッチな本か……ええー⁉　なんでそんなのがこんなところに⁉」

2人の視線が私に集まる。

「違う。私じゃない。ユキとのエッチは大好きだけど。これは違う」

私はこんな本に興味は……あるけど、当時はこんな本はなかった。

何か原因があるはず。

それを見つけなくては、私がエッチな本を集めていたと皆に報告されかねない。

それは絶対に阻止する！

と、そう心に誓ったときに家の奥から声が聞こえる。

「うひょひょ！　いやいや、艶本はつまらんかと思っておったが、意外と見ごたえがあるのう。ついつい、たくさん買い込んでしまうわ」

「「「……」」」

どうやら、原因はクソ爺のようだ。

「ん？ そういえば、今日はクリーナが来るとか言ってたんじゃった。つい本を手に取ってしまうと悪い癖が出るのう。さ、適当にクリーナ本棚にでも隠しておけば、面白いことになるじゃろうて」

「ん。クソ爺。覚悟はいい？」

「ひょ⁉ な、なぜクリーナが！ しかもお嬢さん方まで⁉」

「当然懐かしの家に戻ってきただけ。でも、クソ爺に台無しにされた。2人とも行こう」

そう言って私は家から出ていく。

「え？ でも、エッチな本くらい男の人は持ってると思うよ？」

「……身内の恥を友人に見られてしまったのです。リーアさんここはおとなしく帰りましょう」

「……」

2人の思いやりが痛い。

そして無性に腹が立つ。

いや、腹が立って当然。

だから……。

「ファイアーボール！」

「ああっ!?　わしの本が!?」

燃え尽きてしまえ。

こうして私の里帰りは終わった。

次こそは普通に帰ろう。

本書に対するご意見、ご感想をお寄せください。

あて先

〒162-8540 東京都新宿区東五軒町3-28
双葉社　モンスター文庫編集部
「雪だるま先生」係／「ファルまろ先生」係
もしくは monster@futabasha.co.jp まで

必《ひっ》勝《しょう》ダンジョン運《うん》営《えい》方《ほう》法《ほう》⑬

2020年4月1日 第1刷発行

著者 雪《ゆき》だるま

発行者 島野浩二
発行所 株式会社双葉社
〒162-8540
東京都新宿区東五軒町3-28
電話 03-5261-4818(営業)
03-5261-4851(編集)
http://www.futabasha.co.jp
(双葉社の書籍・コミック・ムックが買えます)

印刷・製本所 三晃印刷株式会社

フォーマットデザイン ムシカゴグラフィクス

ISBN978-4-575-75265-6 C0193
Printed in Japan

Mゆ01-14